金原ひとみ＝編

私小説

河出書房新社

私小説

もくじ

電気の川

尾崎世界観

客電が消え、七千人収容のアリーナがどよめく。暗がりの中、皆が慌てて立ち上がるせいで椅子が軋む音がいくつも重なり、まるで何かが鳴いているみたいだ。観客たちは息を詰め、じっとステージを見つめる。やがてステージ下手から、ライトに照らされたバンドメンバーがそれぞれ所定の位置を目指して歩いてくる。上手にギタリストの緒川、下手にベーシストの羽瀬川、中央のドラムセットにドラマーの小井積が、それぞれ位置についた。一際大きな拍手に迎え入れられ、最後にボーカルの音咲が歩いてくる。シャツの袖を捲りながら、猫背を揺らしてゆったりと進む。中央のマイクには目もくれず、ドリンクホルダーのペットボトルに手を伸ばし、水を一口飲む。それからギターを抱え、ようやくマイクの前に立った。拍手がぴたりと止《や》んでも、マイクに口をつけたまま、音咲は黙っている。その間、客席のあちこちで乾いた咳がぶつかり、アリーナに漂う緊張はだんだんと高まっていく。静まり返るアリーナには電気の気配が漂っている。いつ爆発するとも知れない、張り詰めた気配だ。音咲はまだ黙ったまま目を閉じ、ステージと客席とを隔てるようにして流れる電気の川に耳をそばだてている。やがて音咲の首が微かに揺れ、声がマイクに当たると、爆発的な高音が私たちに刺さった。サビの歌い出しが印象的な「アレンジ」だ。あのアレンジの先へ。アレンジすらも超えて、その先へ行く。日々変化するバンドという存在をリスナーに突きつける、ファーストアルバムのリードトラックだ。今、その感動を声に出すことを、観客たちは許されていない。バンドが発する音だけが、一方的に広大なアリーナを満たしている。これがコロナ禍におけるライブだった。久々に収容率１００％で開催されたこの日のライブでも、観客に声はない。声と引き換えに、やっとそこに居ることを許されている。収容率50％の制限があれば、虫食い状態の客席にも緊急事態感が生まれ、こうして観客が黙っていることへの違和感もまだ薄れるだろう。しかし、人数制限が解除されたことで、以前にも増してその異様さが際立ってしまっている。そこで音咲は、言葉より歌を選んだ。余計なことは言わず、真っ先に歌を歌う。あくまでも観客とフェアでいようとするその姿勢が、歌になって真っ直ぐに届いてくる。すると、無意識のうちに自分も歌っていることに気がつく。マスクの中の口が必死になって歌を追いかけている。声にならない声で、どうにか歌にしがみつく。音咲は一曲目を歌い終え、アリーナに響く拍手をじっと見つめる。目には見えなくとも、それら一音ずつをしっかり受け止め、完全に鳴り止むのを待ってからマイクの前でまた黙りこむ。再び流れ出した電気の川を感じさせながら、バンドはまた観客から離れていく。離れる。コロナ禍ほど、他者との距離を意識させられた日々はなかった。だからこそ、こうして離れるということ自体が、そのまま繋がりの証明にもなる。繋がった瞬間の繋がりより、離れた瞬間にこそ繋がりを感じる。このように無言や無音を通して、音咲はいつも私たちに大切なことを教えてくれる。

「はい、テストこれでオッケーです。比較的良い感じなので、音咲さんがよければ今の生かしでこのまま録っていこうと思いますが、どうでしょうか」

コントロールルームからブース内へ、ディレクターからのトークバックが入る。事前の音声チェックがそのままOKテイクとして成立するレベルと言われれば、こちらも悪い気はしない。マイクの角に視界が遮られていた語尾も、勘で読んでみたら見事に当たっていて、ちょっと得をした気分になった。それでもまだ返事を濁したまま、気持ちを整えるために一度ヘッドフォンを外す。すると、ブース内の静けさが勢いよく耳に流れ込んでくる。

音楽ストリーミングサービス大手数社が合同で行うこの朗読企画は、気鋭の音楽ライターが書き上げたライブレポートをそのバンドのフロントマンが朗読し、音声データ化して配信する新コンテンツだ。

「声は超える」をコンセプトに掲げ、ステージから客席までを耳で自由に行き来する。観客の視点で書かれたライブレポートを演者が読むことで生まれる化学反応を軸に、アーティストと観客との新たな架け橋を目指すという。

マンションの一室に防音工事を施しただけのこのレコーディングスタジオは、玄関を入ってすぐ左の壁にマイクやケーブルが掛けられており、その反対側の壁に沿って置かれた大きな机にはディレクターが座っている。窓際の小さな机ではレコーディングエンジニアが編集作業を行い、その手前のソファーとローテーブルはナレーターの休憩スペースとなっているらしかった。後から取り付けられた箱形のブースは畳半分ほどしかなく、椅子を引くのもはばかられるほどだ。机の上にはヘッドフォンの他に、ノイマン製のコンデンサーマイク、吹かれ防止のポップガード、横に六つほどつまみの並んだ音量調整用の小型ミキサー、原稿を立てかける為の木製スタンドが用意されている。そこにミネラルウォーターのペットボトルを置けば、机の表面はもうほとんど見えない。手に持ったままのヘッドフォンをつける。

「では、休憩がてら一度聞いてみましょうか」

流れる音声に耳を傾けた。すると、さっき読んだばかりの自分の声が聞こえてくる。聞いているだけで喉の筋肉の動きが蘇り、そして、声が言葉となって頭に入ってくる。ただ形として捉えていた文字が、音の先で意味になって聞こえる。冒頭、ステージにメンバーが登場する場面を実際に自分は見ていない。演者としてのあの日の自分は主観でしかないからだ。だから今、他人が書いた言葉を通して客席から見た景色を知るのだけれど、どうもそれが信用ならない。音楽ライターが書いた文章の過剰なサービスが、邪魔でしょうがない。あの時、ステージ袖に浮かび上がるスタッフの顔はどれもよく似ていて、極度の緊張も相まって上手く見分けがつかなかった。全ての照明が落ち、一瞬の無音が聞こえる。袖で聞く観客の拍手はどこか物足りず、やっぱり想像を超えてこない。ここで既にズレが生まれている。だからか、読み上げる自分の声も今ひとつ安定しない。単語一つ取ってみても、聞いていると言葉が耳の中でボロボロと崩れる。中にちゃんと身が詰まっていない、まるでパフ状のチョコレートを想起させた。ちょうど、子供の頃に食べていた「ぬ～ぼ～」のような。あの最《も》中《なか》のザラザラとチョコレートのフワフワがたまらなく好きだった。

暗がりの中、頼りない拍手の上をとぼとぼと歩く。袖からステージ中央まではあっという間だ。なんとなくまだ客席を見る気になれず、ドリンクホルダーのペットボトルに手を伸ばす。音楽ライターはなぜ中身が水だと決めつけるのだろう。ラベルを剝がしているとは言え、光のないステージ上に置かれたペットボトルの色を見極めるのは困難なはずだ。やっぱり何を飲んでるかまではわからないのだ、と嬉しくなる。それにしても、剝がしたラベルの跡に触れるたび、これからライブを始めようとする気持ちまでベタベタしてくるのが不快だった。ペットボトルの中身を口に含んだまま、マイクの前に立つ。口の中が強烈な瀞《とろ》みで満たされる。息を止め、一気に嚥《の》み下す。喉から胃までが一本の熱い道で繫がる。すぐに、腹の底からあの強烈な臭いが立ち上ってくる。あの時、何らかの意図があって黙っていたわけではなく、マイクの前でただ話すことが見つからなかった。自分の内側にあるあまりの空っぽに呆然としながら、七千人の視線にじっとさらされていた。他人が書いた原稿を読む自分の声を通して、あの時のことを思い出す。自分の声が、マイクの前で自分が黙っているその状況を伝えている。それを聞く自分の耳は、なぜ自分が黙っていたか、本当の理由を知っている。何も喋ることが無かった。いくら広大なアリーナとは言え、客席から発せられる収容率１００％の肉っぽさに面食らったのだ。あれだけの人数に見つめられるとバレてしまいそうだった。そこであっさりＭＣを捨て、曲に逃げる。急に声を出したからか、歌い出しが大きく上ずった。その後も思うように音程を摑めず、声がぴちぴちと飛び散る。まるで原曲には程遠く、「アレンジ」という曲名がなんとも皮肉に思えた。そこからも依然として摑めないまま、ぬるっと一曲を歌い終えてしまう。やがて沸き起こる客席からの拍手を凝視しながら、果たしてバレていないかを隅々まで点検する。他人が書いた原稿によれば、どうやらまだバレてはいないようだった。しかし、音楽ライターの原稿はやっぱり信用ならない。

これまで、耳馴染みの良い言葉ばかりを寄せ集めたマッサージ原稿に何度目を瞑《つむ》ってきただろう。音専誌におけるアーティストはお客様だ。紙面にインタビュー等が掲載される代わりに、レーベルや事務所が広告を出稿するというのが昔ながらの慣習だった。WEBメディアの場合も、アーティストサイドが広告料としてまとまった額を支払った上で、特集が展開されたり、インタビューが行われたりする。ともすれば、新作のディスクレビューでも、大事なお客様を気持ちよくさせるのは必然だろう。よってそのどれもが、当たり障りのない「褒め」で構成される。あの時、拍手が鳴り止んでも何も言うことが見つからなかった。ただそれだけだ。それなのに、他人の原稿には何も言わなかった自分の気持ちが勝手に書かれていて、何も言わなかった自分の口は、何も言わずにそれを読んだ。一文字ずつ声にすれば、その都度喉は震え、何も言わなかった自分からはどんどん遠ざかっていくというのに。その中で、収容率50%から収容率100%になった客席だけが、唯一の本当だった。アリーナにぎっしり詰まった100%が、じっとこちらを見つめていた。結局ディレクターの提案通り、これをOKテイクとし、続きを読んだ。

静寂を破って、まずは小井積のドラムセットから発せられる力強いビートがアリーナ中に響く。その四小節だけで、ファンならもう誰もがわかる。そう、「目と目」だ。羽瀬川のベース、緒川のリードギター、音咲のバッキングギターが後を追うようにして鳴り、あっという間に追いつき、絡みつく。イントロと呼ぶにはあまりに凶暴な音のうねりが、オーディエンスを置き去りにしたままぐんぐんと膨らむ。やがて周回遅れの私たちは、Aメロの歌い出しでちょうどまたバンドと重なり、出会う。それほどまでに圧倒的なスピードだった。この辺りから音咲の緊張も徐々にほぐれ、それまで強張っていた歌声は伸びやかなものに変わっていった。あっという間に一曲を歌い切ると、間髪を容れず「アンゼンビ」のイントロが響き渡る。さっきまでとは打って変わり、大正琴とシンセが混ざったその不穏なイントロに、観客の悲鳴にも似たどよめきが重なる。それは、声出しが禁止されているにもかかわらず漏れた、本当の声だ。これまで当たり前のように発せられていた歓声と違って、後ろめたさを孕んだ観客の声は、エロい。まるで小さな秘密を共有し合うような、仄暗い一体感にアリーナが包まれる。誰もがマスクの中に隠したその口で歌い、声にならない無数の口が、音咲の声と重なり合う。そして、不穏なアウトロの後には結局何も残さない。すべて嘘だったかのような静けさだけが、ただアリーナを満たしている。そこから「ヒモ」「会社のドア」「会社のドアの構造」と畳みかけ、畳みかけ、と畳みか……けっ。

そこから「ヒモ」「会社のドア」「会社のドアの構造」と畳みかけ、畳みか、た……た……み……か、畳みかっ……け。

「はい、ここまでもらいました。ちなみに今、音咲さんが気になっているのは、畳みかけの部分ですよね」

見かねたディレクターが割って入り、トークバックで心配そうに尋ねてくる。畳みかけを畳みかけたせいで、もう舌の根はガチガチだ。このことを恐れ、事前に原稿を読み込むのも避けていたというのに。一度言葉を体に入れてしまうと舌がそれを覚え、そのテイクが良きにつけ悪しきにつけ、二度目を厳しく審査するようになる。そして二度目は三度目を審査し、テイクを重ねるごとにどんどんクオリティは下がる。歌も同様に、回を追うごとに、それを覚えた筋肉に声が捕まるという感覚がある。一つ前の自分が先輩ヅラをすると同時に、新しいテイクに挑戦する自分も、後輩らしくへりくだってしまう。

「こちらはそこまで気になっていないんですが……念のため、もう一度聞いてみましょう」

改めて聞いてみても、やはり納得がいかない。舌根の辺りに溜まった疲労により、つい言葉を音でなく意味で捉えようとしてしまう。朗読を綱渡りだとすれば、意味を考えるということは下を見ることと同義だ。だから、あくまで音として読み、前だけを向いてどんどん進めば良い。下手に考え過ぎて音が意味に捕まった途端、言葉はバランスを崩し、落ちる。

「やっぱりもう一回やらせてください。普段バンドのボーカルをやっているせいか、どうしても言葉を音程で捉える癖があって。絶対音感ならぬ絶対言感というか」

ややあって、了解した旨を知らせるトークバックが返ってくる。その後も悪いイメージが拭えず、一度目より二度目、二度目よりも三度目と、どんどん酷《ひど》くなった。結局、最終的に出たOKテイクは、気になっていた元のテイクとそれほど代わり映えのしない出来だった。こちらからは顔が見えないため、ブースの外の様子が気になる。

「ありがとうございます。ではこれでもらいます。このテイクを入れて、ちょっと前から繋ぎを確認してみましょう」

流れで聞いてみると、録り直した部分から先だけが明らかに別物だった。その旨を伝えても、予想通り、こちらは気になりませんけどねと返ってくる。歌と違って音程がない分、読む時にどこに引っ掛けて発声をすれば良いかがわからず、一度流れを切ってしまうとそれまでの発声を完全に見失う。鼻に引っ掛ければ辛うじて安定はするものの、前後との繋がりはますます悪くなった。言葉を噛んでから、その後にもう言葉を噛まないよう気を配る発声は、まだ言葉を噛む前の発声と比べてだいぶ臆病だ。録り直したテイクを流れで聞くと、録り直した部分だけが細く高くなっているのがよくわかる。

それにしたって、このライブレポートはミスを許し過ぎている。歌いながら幾度となくピッチが外れたり、声が掠れたり、詰まったりした。あれは二曲目の「目と目」だったと思う。バスドラムが一発抜け、はっきりとビートがよれた箇所があったはずだ。低音のため比較的目立たないベースのミスには気づけないとしても、明らかなリードギターのミスタッチだってあった。それなのに一切の指摘がなされていない。対照的に、朗読するこちら側は、こんなにもミスに敏感だ。それは、自分の体を通して、自分が文章と関わってしまっているからで、たとえ音楽ライターが書いたものであっても、一度自分の体を通った時点でミスはこちらのものになる。たとえライターが書いた文章の方にミスがあったとしても、朗読をする以上、書かれた文章をその通りに読めなければミスはこちらのものだ。それに、この辺りから徐々に緊張がほぐれて歌声も伸びやかになったとあるが、ここが特に悪い。わざと一度下げておいて改めて持ち上げるのは、力の無い音楽ライターが使う常套手段だ。ライブそのものはぐにゃぐにゃと柔らかく、こうあって欲しいという目で観さえすれば、いくらでもそうなる。その人がプロポーズをされた日に観たライブでは、死をテーマにしたシリアスな楽曲が、あっという間にウェディングソングになるように。それほどまでにライブは柔軟で、感情にフィットする。本物のミスからはすぐに目を逸らすのに、自分に都合の良いミスはいとも容易《たやす》くでっちあげる。現に、この曲以降も緊張はほぐれてなどいない。ライブレポートの構成に差し障りのあるミスの指摘は避けるのに、盛り上げに一役買うスポ根的ミスには簡単に食いつく。ライブレポートは、こうした観る側の勝手な味付けで成り立っている。

もう一度該当箇所を読み直す。すると、今度はすんなりと言葉が出た。理想的な「畳みかけ」を該当箇所にはめ込み、前後のバランスを気にしながら流れで聞く。すると、今度は「畳みかけ」だけがやけに堂々としていて、次に繋ごうという意志をまったく感じさせない。もう一度手前から流してもらい、今度は流れる音声に合わせ、言葉を重ねながら読んでみる。

そそして、不穏なアウアウトロの後には何も残さない。すすべて嘘だったたかのような静けさだけが、ただアリーナを満たしししている。そそこから「ヒモ」「会」「会社のドア」「会」「会社のドアの構造」とたたたみか……けけ。

無意識に意識が重なり、理想からさらに遠ざかった。この時、音声チェックを兼ねた最初のテストテイクこそが最高の出来だったと知り、あの頃がひどく懐かしくなった。

「こちらで調整してみますのでちょっとお待ちください」

今度はエンジニアからトークバックが入り、すぐさまキーボードの打刻音が聞こえる。数十秒後、何らかの作業が済み、エンジニアはもう一度該当箇所を流した。言われてみれば、エンジニアが施した何らかの処理によって「畳みかけ」が前後に馴染んだような気もする。ただそれも気休め程度だ。これ以上粘るわけにもいかず、ひとまず納得し、先に進むことにした。さっきからずっと、舌の付け根が鈍く痺れている。あの日のライブを思い出しながら、あの時、畳みかけてなどいなかったことに気づく。ライブ序盤はじっくり足場を固める意識を持って、テンポが早い曲ほど曲間を長めに取るようにしている。キャパ八百以下のライブハウスであれば勢いで引っ張るところを、それより広い会場の場合、決して小さくまとまり過ぎないよう、わざとテンポを落として演奏することが多い。そんな音楽ライターのミスが、自分のミスとして舌の付け根に残っている。ディレクターの指示に従い、ひとまずこの部分は飛ばすことにした。

ペットボトルを摑み、水を一口飲んだ。音咲は満員のアリーナを満足げに見渡しながら、ゆっくりと私たちに語りかける。さきほどまでの攻撃的な歌声と違って、穏やかで包むような声だ。

「今日は来てくれてありがとう。こんなに満員になった客席は久しぶりだな。これから戻ってくるはずの日常も大事にしたいし、たとえ苦しかったとしても、やっぱり過ぎて行った時間を忘れたくない。この数年間、色々な制限がある中で新たに見つけたことだってあるし。何でもしんどい記憶として捨ててしまうのは簡単だけど、どうせならマイナスをプラスに変えて次まで持っていきたい。今日だってそうだけど、この静けさ、音のない、声のない時間を好きになってほしい。耳が痛くなるくらいの静けさって、爆音より爆音だと思うから。これからも、そういう静かな爆音をちゃんと聞き取れるような人間でいたいと思ってる。声が大きい人の意見だけじゃなくて、辛い時にじっと黙ってる人の意見だって聞ける。そんな耳を持っていたい。声の大きな意見ばかりが伝わってくる今だからこそ、そんな声に埋もれてしまいがちな、小さな声に耳を傾けることが大事だと思う。

こうやってステージに立ってると、いつも暑くて、お客さんだってほとんどが半袖で、ずっと夏で変わらない。でもそれこそが自分にとっての季節です。じっくり四季を感じるより、このずっと馬鹿みたいに続いてる夏を感じてたい。これがバンドマンにとっての四季だと思ってます。いつも最高の季節を感じさせてくれて、本当にありがとう」

なおも語りかけるように、アコースティックギターを爪弾く音咲がサビの一節を歌い上げ、その余韻を、力強い四つ打ちのバスドラムが打ち消す。観客の手拍子を連れて、割れるようなビートにアリーナが揺れる。幻想的なノイズギターとリズミカルなベースライン、アコースティックギターの軽快なコードストローク、それらが重なり、歌と共に駆ける。この春にリリースされたばかりの新曲、「春夏秋冬」だ。コロコロと表情を変えるバンドの演奏がめぐる季節のようで、聴いていて耳が楽しい。アリーナは一層温まり、音咲の言葉通り、私たちは確かな夏を感じる。

「ゆとりの差」では横に、「せーのって言ったらだよ」では縦に、体も心も激しく揺さぶられる。そしてこの日、前半のハイライトとなったのは間違いなく「パーマネント」だろう。付点八分のギターリフを弾く緒川の指は、指板の上を泳ぐ魚のよう。パーマを男女の関係になぞらえ、ウェーブが取れてストレートに戻る髪と、真っ直ぐだった感情が日々の中で捻《ねじ》れていく様子とを対比させた人気曲だ。「パーマ液のにおいが恥ずかしいけど今すぐ会いに行きたい」というサビのリフレインで、アリーナを埋め尽くした観客の手が一斉にあがった。その手の遥か先まで、音咲の歌声が伸びていく。届かないと知るりながら、観客はまた手を伸ばす。それはコロナ禍で失ったものをもう一度摑み直す為の手であり、コロナ禍そのものに別れを告げる為に振る手だ。

「はいOKです。ここまでで一度聞いてみましょう」

ペットボトルを掴み、ただの水を口に含んだ。これではやっぱり物足りない。これまでの朗読で溜まった悪いものが水で洗われ、金属の味が口中に広がる。プレイバックを聞きながら、冒頭のMC部分に強烈な違和感を覚えた。あの日会場で喋った自分と、今ブース内で喋っている自分とに、強い隔たりを感じたからだ。音楽ライターによって書き起こされたMCは、ところどころ語尾のニュアンスも違っている。その上、観客を見ながら喋るのと紙を見ながら喋るのとでは、その言葉自体が全くの別物だった。アリーナと録音ブースでは、音の響きの違いも大きい。後者はそこに空気が含まれていないせいで言葉がどこか乾いているし、それによる語尾のニュアンスも相まって、MC全体がちょっと太々《ふてぶて》しい。それでも、MCをしたのは自分なのだし、それを読んでいるのも自分だ。わかっていても、そこには圧倒的な隔たりがある。歌っているのも自分で、喋っているのも自分なのに、MCをした自分と朗読をしている自分との境がわからない。あの日のMCを朗読で口にしても、もう何の味もしなかった。それどころか、言葉に臭みすら感じ、その賞味期限の短さに驚かされる。

そして、音楽ライターはまたミスから目を背けている。「せーのって言ったらだよ」ではサンプラーに不具合が生じ、ドラマーの小井積が叩いたにもかかわらず、サンプラーからシーケンスが流れなかった。全体の半分以上をシーケンスが担うこの楽曲の演奏は誰がどう見てもミスだったし、あの時、演奏を止めてやり直すべきだったと、今でも思う。流れを重視するあまり演奏を止めることができなかった自分を恥じながら、そのミスを平然と無かったものとする音楽ライターに憤りもする。こうして、ミスですらも、ライブレポートの構成に格納されてしまう。この日の前半のハイライトを「パーマネント」とする辺りも、バンドのディスコグラフィーに引っ張られすぎている。口コミでそれなりにヒットした単館系映画のタイアップが付いたこのシングル曲は、ファンからの人気も高い。フェスのセットリストにはいまだに欠かせず、観客の手が最もあがるのもこの曲だ。だからこそ、もういいだろうという空気を感じる。ステージから見れば、観客があげた手の角度ではっきりとわかった。フェスならまだしも、ワンマンライブではそれが顕著だ。六年も前の楽曲にいつまで頼るのだろう。この日もイントロが鳴った瞬間、歓声に混じり、そんな嘆きが聞こえたような気さえした。ワンマンライブであれば、「パーマネント」はセットリストから外してこそ存在感を増すはずだ。あえてやらないことで、ファンに対する一定の覚悟を示す。そして、代わりにそこへカップリング曲を持ってくれば、ファンとの連帯だってより強固なものになる。それなのに、今回は外せなかった。演奏中、僅かに項垂《うなだ》れた観客のあの手がいまだに忘れられない。コロナ禍に。コロナ禍を乗り越えて。コロナ禍で生まれた。今回に限らず、ライブや新作を語る際、何でもすぐにコロナ禍に当てはめようとする風潮には参っている。それこそ、何かに感染しているのは音楽ライターの方ではないか。

「あっ、そうです。そこはこちらのミスなので、読んでもらった通りで問題ないです。すいません」

届かないと知るりながら、観客はまた手を伸ばす。「る」が余計だ。問題の、コロナ禍とバンド活動を安易に結びつけようとする箇所にミスを見つけた。この、知るりながらの「る」に、他人の皮膚に黒子《ほくろ》を見つけた時のようなこそばゆさを感じる。書く側がこんなだからこそ、書かれる側として、決して音楽ライターのミスを許さないと決めている。

「こちらとしては特に問題ないですが、音咲さんはどこか気になる点ありますか」

ないです、と言った自分の声がおかしい。MCや朗読の時とも違い、まるで他人の声だった。ライブをしている時の自分と、ライブレポートを朗読している時の自分は確かに違うけれど、辛うじてまだどこかで繋がっていると感じられる。でも、こうしてブースの外とやりとりをする時の自分の声は、明らかにおかしい。その声は、本当はこのライブレポートに問題があることを知っている。このライブレポートはライブで起きた問題を明らかに無視し過ぎていて、そのことが何よりの問題だ。演者は当たり前にプロとしての一定水準に達していなければならない、していないわけがない、という思い込みが過ぎる。


観客の熱を冷ますかのように、しばらく暗転したまま無音が続いた。ステージ上ではバンドメンバーとスタッフが軽いやりとりをするだけで、あとは客席も静まり返って微動だにしない。この間にも、音咲はしきりにペットボトルに口をつけていた。静まり返ったアリーナには、電気の気配だけがそっと流れ続けている。数秒後、ステージ中央を白い光が照らし、観客の視線は一瞬でそちらに吸い込まれる。ここからは、歌詞に重きが置かれた楽曲が続く。ようやく音が鳴り、ハイハットのカウントからゆったりとメランコリックなイントロを奏でたかと思えば、突然リズムチェンジして一気に畳み……。

畳みか、一気にたっ……たたみ……か、突然リズムチェンジして一気に、畳み……か……けっ。

ハイハットのカウントからゆったりとメランコリックなイントロを奏でたかと思えば、突然リズムチェンジして一気にたた……み、畳みか、一気にたた……み、た……た……みかけっ、突然リズムチェンジして一気に、たた……みか……ける。

「最後の間を離してやったテイクで、試しに音を詰めて一個作ってみますね。発音自体はとても綺麗だったので」

この音楽ライターには、数曲続けて演奏することを自動的に「畳みかけ」と表現する癖があるのだろう。こうしたフィラー的フレーズは、読者の心を急速に冷ます。さっきまでこちらにあった自分のミスが、今度は音楽ライターへ移動した。「畳みかけ」を通して、ミスが自分と音楽ライターを行ったり来たりしている。エンジニアが繋いだテイクは違和感なく、前後との繋がりも良い。思わぬ提案で畳みかけるの攻略法を見つけ、微かに光が見えた矢先だった。

「リテイクをお願いしたい箇所があります。畳みかけの前、イントロのくだりです。メ、メ、メランコ、リ、リックの発音なんですが、語尾を下げるパターンでお願いします」

ディレクターからの指摘により、ミスがまたこちらに返ってきた。音楽ライターによって書かれた言葉と、実際にステージに立っている自分の気持ちとのズレではなく、今度は書かれた言葉のイントネーションだ。

ハイハットのカウントからゆったりとメランコリックなイントロを奏でたかと思えば……。

「やっぱりまだ語尾が上がっちゃってますね。もう一回だけお願いします」

メロディーを歌うことが多いせいか、言葉の発音に対しての上がる下がるという感覚に乏しい。メランコリックの「コ」を踏み台にして、飛び上がるイメージで発音するのが上がる。窓を開け、メランコリックの「コ」から先を下に落とすようにして発音するのが下がるだ。頭ではわかっていても、声帯周りの筋肉は勝手に上がる。数回くり返してようやく下がったとしても、今度は声自体が酷く瘦せていて、前後との繋がりが悪い。

「ちょっと休憩させてください」

自分の声に棘を感じる。息の成分がやたらと多く、明らかな苛立ちを感じさせる声だ。

「わかりました」

いくら待ってみてもそれ以上の言葉がない。プロデューサーは、声そのものより、言葉の量で感情を知らせてくる。釈然としないまま、黙って喉を休める間も、ブース内の無音がうるさい。

メランコリック、と改めて声に出してみる。今までの人生で一度も発したことのない単語だった。休憩後、ようやくメランコリックを成功させ、もう一度手前から聞き返してみる。すると、やはり「畳みかけ」の部分だけがやけに人工的だ。エンジニアが手を加えたテイクだと知っている自分の耳が、それを聞き分ける。せっかく手間をかけて繋いでもらったんだからという、さっきまでの耳ではもう聞けない。

「やっぱり畳みかけが気になるんですけど……」

返事の代わりにキーボードが鳴り出し、ブースの外の空気が徐々に乾いていくのを感じる。すぐに作業が終わり、音が流れる。

「だいぶ良くなったと思います。これでお願いします」

せっかく手間をかけて繋いでもらったんだからという耳で聞けているうちに、先に進もうと決めた。決して間違えることのないよう、今度は一文字ずつ原稿を指でなぞりながら読む。


静まり返ったアリーナには、電気の気配だけがそっと流れ続けている。数秒後、ステージ中央を白い光が照らし、観客の視線は一瞬でそちらに吸い込まれる。ここからは、歌詞に重きが置かれた楽曲が続く。ようやく音が鳴り、ハイハットのカウントからゆったりとメランコリックなイントロを奏でたかと思えば、突然リズムチェンジして一気に畳みかけるように本イントロへ。タイトなエイトビートの上で暴れまわる獰猛な獣が、牙を剝いて鼓膜に飛びかかってくる。人が人に同調することの恐ろしさと滑稽さに適度なアイロニーをまぶした逆噴射系絆ソング「それな」では、バンドに同調する〈ファン〉にさえ、容赦なくその刃が向けられる。音咲のまなざしは常に自らを客観視しながら、その向こうにいる「ファン」のことも捉えて離さない。そうしてバンドとファンの連帯に容赦なくハサミを入れながら、決してそれを切らない。切れてしまうギリギリのところへなおも鋭く刃を当てたまま、首の皮一枚繋がったそれを、試す。以前彼がとあるインタビューでも語っていたように、彼にとって、ファンとは最高の他人である。何の利害もなくただ好意を寄せるということの異常さ、何かを好きでいることの恥ずかしさ、後ろめたさ、それらを覆す喜びや煌めきを、性急なビートに乗せて叫ぶように歌う。ファンを確かめながら、ファンを抱きしめる。この曲が高らかに鳴らされる時、観客の顔はいつも泣き笑いだ。続く「やだ」では、一転して相手を拒絶する。コミュニケーションが引き起こす摩擦を通して、より強く、他者という存在を感じさせる。キャラメル包装のティアテープを引くようにして「やだ」を剝ぎ取れば、やがてどうしようもない本心が露わになる。聴き手はそこで初めて、「やだ」という甘やかな拒絶こそが、限りなく受容に近いと知る。リフレインされるサビはこんなにもキャッチーなのに、そこにゼロを掛けるように、いくつ重ねても言葉は「やだ」一つ分以上の意味を成さない。こうして人間同士の繫がりを多角的に描くことで、バンドの幅を存分に感じさせてくれる。続いて、「稲まつり」「ケロケロケロケロ〜クワクワクワ〜」「KOZAKANA」と、立て続けにベースの羽瀬川が歌う。その独特な世界観は、アリーナ全体を惑わす。化かされた。彼の歌を聴いた時に真っ先に湧き上がる感情がこれだ。不思議な世界に迷い込み、しばらく辺りを彷徨《さまよ》う。そして、我に返った時にはもうすべてが無い。童謡を彷彿とさせる「KOZAKANA」でバンドが創り出した幻想的なサウンドスケープを前に、観客は微動だにしない。あの異様な空気は、この日の隠れハイライトと言っても過言ではないだろう。

「はい。お疲れ様でした。ここまでで一回プレイバックします」

読みながら、このパートの文章に集中していた。特にファンに対しての感覚や、羽瀬川の楽曲への言及はよく書けている。改めて聞いてみても、声の置き場が定まっていて、言葉一つ一つに体重が乗っているのがわかる。声を発していない時にこそ何かを感じさせる、そんな朗読だった。この音楽ライターが言うところの、流れるような気配、声の川を感じる。

その時、インターフォンが鳴った。ヘッドフォン越しに椅子が軋む音、エンジニアがドアを解錠する際の声のやりとり、戻ってきたエンジニアが椅子に腰を下ろす音などが聞こえた。

「音咲さん、お手洗いに行かれる際はいつでも言ってください」

若干の尿意を感じてはいたものの、まだ余裕はありそうだ。それに、このタイミングで行けば来客と鉢合わせするかもしれず、挨拶をするのも面倒だと思った。改めて見回すと、ブース内は極めて狭い。この辺りで一度外の空気を吸えば、十分気分転換にもなりそうだ。そうこうしている間に、今度は二度チャイムが鳴り、来客が上がってきたことを知らせる。エンジニアがドアを開け、来客と共に外の気配が流れ込んでくる。あっ、どうもお疲れ様です。すみません、失礼します。いえいえ、わざわざありがとうございます。とりあえず、こちらにお掛けください。いやお気遣いなく。ありがとうございます……あのこれ、つまらないものですが、良かったら召し上がってください。音咲さん、甘いもの大丈夫ですかね。ありがとうございます。いただきます。レコーディング順調ですよ。それは良かったです。さすがライブをやっていたご本人だけあって、やっぱり説得力が違いますね。朗読自体も、進むにつれてどんどん良くなっていて、素晴らしいです。うわー、凄く楽しみです。

「音咲さん、甘いものって大丈夫ですか」

好物だと伝え外の様子をうかがうも、良かった、と言ったきり、ディレクターがこの来客を紹介する気配は一向にない。話し声からすればきっと女性で、その内容からすれば、おそらくこの原稿を執筆した音楽ライターだろう。これまでライブをやった本人としてライブレポートを読んできたのに、音楽ライターを前にした途端、それを書いた本人の前でライブレポートを読む恰好になり、ちょうど音楽ライターに「本人」を奪われた心持ちだ。もし事前に打診があれば確実に断っていた。しかし、このことは一切こちらに知らされておらず、そのことがとても不快だった。ヘッドフォンから、何やら来客が持参した菓子を食べる気配が伝わってくる。誰かがパッケージを破く音を聞きつつ、朗読の再開に備え、気を鎮めようと目を閉じる。音からしてそれはビニール製で、両サイドに付いたギザギザを指で摘まんで破くタイプのものだ。中の菓子には長方形の小袋が貼り付いていて、食べる時に邪魔だろう。これはきっと、マドレーヌやパウンドケーキの類いに違いない。表面がしっとりしているせいで、どうしても脱酸素剤が貼り付いてしまうのだ。あれを指で剝がすのがいつも面倒で、自分はそのまま嚙みついて、口に入ったそれを後から吐き出している。間違いない。マドレーヌかパウンドケーキだ。その証拠に、咀嚼音がまったく聞こえてこない。想像するだけで喉が渇いて、ペットボトルを摑み、水を飲んだ。

「音咲さん、それでは続き行きましょう。後半も気合い入れてやっちゃってください」

ディレクターは口にまだ何かが詰まった声で、突然ぐっと距離を詰め、こちらを鼓舞してきた。女性を前にしてテンションが上がっているのを、ヘッドフォン越しに感じる。釈然としないまま、手もとの原稿に目を落とす。

「今日は本当にありがとう。なんかこうして客席を見る限りコロナをまったく感じないんだけど、それはやっぱりお客さんの力だと思います。それぞれが大変な思いをして、おかしな日常をどうにか受け入れながら、耐えて、ここに来てくれてるっていうことは十分わかってる。でも、客席にいるお客さんが当たり前に、普通に、ただそこに存在してることの圧倒的な力に、今日はすごく救われました。声は出せなくても、マスクはしてても、全然そこに普通にいてくれてるから。それがめちゃくちゃ嬉しかった。だから、また当たり前に会おう。普通に、さらっと。もう十分苦しんだから、これからは好きにやろう。全然大丈夫だから。当たり前の日常を見せてくれてありがとう。今日ステージから客席を見てて、バンドって観客の観客でもあるんだなって、つくづくそう思いました。もうずっと、ここからこうして見てたい。最後まで当たり前に、普通に、やります」

鳴り止まない拍手に耳を傾け、音咲は少し照れ臭そうにしている。彼の言葉から様々な葛藤を感じた。日常。当たり前。普通。それらの言葉がこれだけくり返されることが、もう異常だ。私は戸惑いを隠せず、それを振り払おうとして手を叩き続けた。今、私たちに許される表現のほとんどは拍手だ。力いっぱい手を叩きながら、ステージまで音を飛ばす。叩いたそばから周りの音と混ざるから、どれが自分の音かを見失う。でも、体中に響くその痛みを辿れば、ちゃんとわかる。こんなにも無言で、こんなにも痛みを伴う。そんなライブは絶対に異常だ。個人的な話で大変恐縮だが、私自身、新型コロナウイルスによって妹を亡くしている。まだ無限に続くと信じて疑わなかった彼女の日々は、いとも簡単に終わった。私は妹の死をいまだ消化しきれず、毎日ニュースで目にする感染者や死者の一人として考えることしかできない。当たり前に。普通に。さらっと。そのどれもが、私には大きな意味を持ち過ぎている。音咲の言葉に向けられた拍手はなかなか鳴り止まない。私たちはそれぞれの痛みを持ち寄り、ステージまで音を飛ばし続けた。そこにはきっと、肯定だけでなく、否定も混ざっているはずだ。この七千人の中には、私と同じく、大切な人を新型コロナウイルスで失った人だっているかもしれない。そうだ。言葉は発せずとも、気持ちまで奪われるわけにはいかない。私は力いっぱい手を叩き続けた。それから拍手の音はゆっくりと減衰し、やがて消えた。残された私の拍手だけが、やけに乾いた音で鳴り続けている。

「ありがとう」

音咲は満足げに何度もうなずきながら、やわらかな笑みを浮かべている。私はまだ叩き続けていたけれど、次第に周りの目が気になり出し、開いていた両手を握ってぶつけた。体中に響く痛みがゴツゴツと鳴っている。そんなことは意に介さず、音咲は次の曲を歌い始めた。「カスリキズ」だ。こちらの気持ちを知ってか知らずか、何とも皮肉なセットリストだった。収容率100%になった途端、果たしてそれですべてが元通りになるだろうか。50%だったあの頃、私は隣の空席にいつも妹の存在を感じていた。妹を奪ったコロナ、そのコロナに奪われた座席に、妹が座っていた。内臓が捩れるほどの悲しみに打ち震えながら、私はライブに行くことをやめなかった。それが仕事だからだ。そんな私に寄り添うみたいに、妹は隣の空席を埋めてくれた。本当にとても優しい子だった。でも、もうその空席は無い。世間にとっての100%が、私にとっての50%で、優しくて可愛い妹はずっと私のもう半分だったのに。それを失ってまで目指す日常に、どうしても意味を見出せなかった。「MDSDI」「雨にうたれて」「炊事」「マリーム」と再び畳みか……け……た後、たた……みか……たた……み。

「お疲れ様です。それではここまでで一旦止めて、プレイバックです」

まただ。でも今回は、「畳みかけ」に救われた。あのまま読み続けていたら、自分がどうなっていたかわからない。最新テイクを聞きながら、悪い汗をかいていることに気づく。パーカーの下のTシャツがべったり肌に張り付いている。そもそも、コロナ禍を代表するライブレポートとして、この記事がネットで急激にバズったことが、今回の朗読企画立ち上げのきっかけだった。

今、ライブの現場で一体何が起きているか、それを克明に捉えた真実の叫びから、目を逸らしてはいけない。コロナ禍における「ライブ」を完璧に文章化した、ライブレポートのマスターピースだ。とにかくエモい、ラストの畳みかけにすべて持っていかれた。

誰もがこぞってこのライブレポートを持ち上げた。また、絵萌井あおというペンネーム以外、ライターの顔や性別も一切明かされておらず、その謎めいた存在自体も大きな話題となっている。企画に付随して各社サブスクでも大規模な展開が約束されるため、最近停滞気味のバンドがもう一度浮上する足掛かりにと、所属事務所からも強く参加を説得された。周りのアーティストや媒体関係者からの支持も厚く、実際にバンドに対する再評価の機運も高まってきている。だとしても、このライブレポートはやり過ぎだ。

「音咲さんはじめまして、ライターの絵萌井あおです。今日どうしてもこの現場に立ち会いたくて、無理を言って来てしまいました。この度はお受けくださって、本当にありがとうございます。今の私があるのも、音咲さんのお陰だと思っています。そして、今聞かせて頂いた朗読、素晴らしい以外の言葉が見つかりません。私が表現したかった繊細なニュアンスを的確に汲み取って頂き、何より言葉が言葉で終わらないと言いますか、やっぱり音咲さんの口から出ると、もうただただ音なんですよね。言葉が言葉たるのを決して許さないと言いますか。とにかく、素晴らしいの一言に尽きます。それを前提にして、一点だけ私からよろしいでしょうか。個人的な話で大変恐縮だが〜以降なのですが、ここからもう一段ギアを上げると言いますか、ちょっと熱っぽく読んで頂きたいんです。この部分は、読み手がより語り手の中に入り込むスイッチの役割も果たしているので、カメラが客観から主観に切り替わる感じでと言いますか」

絵萌井はここまで一気に畳みかけてから、試すように黙った。ヘッドフォンからは、相変わらず電気の川が流れている。

「一度そこからやってみましょう」

励ますような声でディレクターからトークバックが入る。それに何も返せず、黙ったまま電気の川を聞いていた。じーじーと責めるような川の流れに、ブースの外で洟《はな》を啜《すす》る音や紙をめくる音が混じる。その時、誰かの声を聞いた。それが自分のものだと気づいた時にはもう、声は電気の川に飲まれて消えていた。はい。酷く掠れた、身の無い声だった。

「ありがとうございます。ここが一番の山場と言いますか。なので、どうかよろしくお願いします」

絵萌井の声はとても安定していて、ぎっしり身の詰まった一本の太い棒が、崩れることなく鼓膜にぶつかってくる。マイクの前で息を整え、原稿に書かれた該当箇所をじっと見つめる。自分がもうあの日のライブからは程遠いところまで来ていて、二度と戻れないことをはっきり感じた。どこに戻るかもわからないのに。


個人的な話で大変恐縮だが、私自身、新型コロナウイルスによって妹を亡くしている。まだ無限に続くと信じて疑わなかった彼女の日々は、いとも簡単に終わった。私は妹の死をいまだ消化しきれず、毎日ニュースで目にする感染者や死者の一人として考えることしかできない。当たり前に。普通に。さらっと。そのどれもが、私には大きな意味を持ち過ぎている。音咲の言葉に向けられた拍手はなかなか鳴り止まない。私たちはそれぞれの痛みを持ち寄り、ステージまで音を飛ばし続けた。そこにはきっと、肯定だけでなく、否定も混ざっているはずだ。この七千人の中には、私と同じく、大切な人を新型コロナウイルスで失った人だっているかもしれない。そうだ。言葉は発せずとも、気持ちまで奪われるわけにはいかない。私は力いっぱい手を叩き続けた。それから拍手の音はゆっくりと減衰し、やがて消えた。残された私の拍手だけが、やけに乾いた音で鳴り続けている。

「ありがとうございます。さっきのテイクと混ぜればどうにかいけそうなので、一度こちらで検証させてください」

ありがとう。前回のテイクよりやや芝居がかった発声で読み上げたところへ、絵萌井のトークバックが強引に被さってきた。こちらの返事も待たず、絵萌井がエンジニアに細かく指示を出し、やがてキーボードを叩く音が聞こえる。断片的な朗読のパーツが何度か流れ、どこかとどこかを繋いでいる様子が伝わってくる。そうして、最新テイクとその一つ前のテイクがぐちゃぐちゃに混ざっていく。駄目な部分がもっと駄目な部分によって持ち上げられたかと思えば、もっと駄目な部分の前後に駄目な部分を貼り付けたことで、もっと駄目な部分が凄く良い部分になったりする。前後を組み替えただけで、こんなにも聞き心地が変わるのが、不思議で仕方ない。

「はい。これでいかせてください。では、続きもこの調子でお願いします」

絵萌井の声は自信に満ち溢れていて、ただただそれが羨ましかった。

「感染者や死者のところ、滑舌ちょっと怪しい気がしたんですけど」

気になっていた箇所を伝える自分の声に混じって、誰かの舌打ちが聞こえた。すぐにエンジニアが何らかの処理を施し、該当箇所が流れる。

「元のテイクもまったく気になりませんでしたけどね」

ディレクターの口にはまだ何かが詰まっている。

「じゃあこのテイクでお願いします。あと、このライブレポート、バンド名が一切書かれてないのが気になるんですけど」

「それに関しては私も以前から思うところがあって。ライブレポート内にバンド名が出てくると、それを読むたびに読者の視点が弾かれると言いますか、没入感が削がれる気がするんです。なんて言うか、せっかく進んだのに、また入口の前に連れ戻されると言いますか。もっと読者に入り込んでもらうために、あえてバンド名だけは書かないと決めているんです」

相変わらず、しっかりとマイクに乗った良い声だ。もう絵萌井が読めばいいのにと思った。


「MDSDI」「雨にうたれて」「炊事」「マリーム」と再び……畳みか……けた後、音咲はギターアンプの前まで下がり、再びペットボトルを手にして水を一口飲む。そこから間髪を容れず「陽炎」「もう、散々」と続け、「シティホテル」ではステージ上手と下手から勢いよく銀テープが発射された。観客たちが一斉に手を伸ばし、前の方で銀テープを摑んだ手だけがキラキラ輝いている。銀テープを摑めなかった手や、関係者席までをも巻き込み、すべてが一体となって音と混ざり合う様は圧巻だった。その中で、奪われた空席を、帰ってきた日常を、私は許そうと決めた。次で最後です、今日はありがとう。短く折り畳むように言って始まった「おはよう泣きやんで、でもまだ残ってるさよなら」は圧巻だった。体力も限界を超えた音咲が、擦り切れた声をしぼり出すように私たちにぶつける。そんな歌声には、切ったそばから縫い合わせていくような、デタラメな力が宿っていた。聴きながら、私の中の何かが覆るのを感じた。すべて歌い終え、音咲はアリーナを包むように見渡したまま、しばらく何も言えずにいる。観客と別れるのが下手で、でもそんな別れを歌うのが誰よりも上手な音咲の魅力が詰まったこの曲を、妹は心から愛していた。彼女は笑うのがとても下手で、私はいつもそれを見て笑った。終わりでも始まりでもない、ただ直線を軽々と飛び越えるような、高い決意がそこにあった。今、私の隣には他人が座っている。でもそんな誰かに居て欲しいのは、いつだってこんな日だ。私はライブが好きだし、ライブが好きだった妹が好きだ。いつまでも手を叩きながら、私は、まだ残ってるさよならをやっと使い果たした。

「素晴らしいです。私が書いた言葉が音咲さんの声の中で確実に生きていました。音咲さんの声に読まれている間だけ、確かに呼吸をしていました。本当に書いて良かったです。えっと、一度プレイバックしましょうか。ちょっと今、とんでもなく体が熱いです」

　自分の声が、自分がやったライブを使用してできあがった他人の物語を読んでいる。最初の頃に感じていた、あの自分で自分を読むようなくすぐったさはもう微塵も感じられず、かつて歌っていたはずの声は、他人の物語を拾うことだけに集中している。そしてこれまでずっと感じていた、やった自分と書かれた自分に対するズレからも解放され、今は他人の気持ちに堂々と入っていけている。

　でもこのライブレポートには、それ以外にもズレが多すぎる。自分と他人とのズレが解消されたことで、それらがよりはっきり見えてきた。妹を亡くした悲しみや憤りを抱えながら、日常を憎んでさえいた絵萌井が、なぜあんなにもあっさりとそれを受け入れるに至ったか、その具体的な理由がどこにも書かれていない。銀テープの発射程度ではとても納得がいかず、読んでいて、大事な部分が抜け落ちていると感じる。また、事実と異なる点も多い。あの日、関係者席は終始静まり返っていた。一切動きのないその一角ばかりがやけに目について、銀テープが発射された時も、落下するキラキラの隙間であいつらだけは微動だにしなかった。それに、自分はだんだんと喉が開いていくタイプで、いつもライブの終盤にピークがやってくる。あの日の声もそうで、決して擦り切れてなどいなかったし、しぼり出してもいない。ペットボトルのくだりだってそうだ。ライブ中に飲んでいたペットボトルの中身は水じゃない。音楽ライターならば、何を飲んでいたかくらいしっかり見抜いてほしい。そして、これが最も大きな問題だ。このライブレポートには最後のMCが書かれていない。ニュアンスどころか、言葉そのものが無い。これは言葉の搾取に他ならない。それなのに、言葉を奪われた自分を、自分が読んでしまった。ならば今ここで、あのMCを読み上げるべきだ。あのMCを奪い返すことができるのは自分だけなのだから、読んで、奪われた言葉を取り返さなければならない。でも、どうしても思い出せない。あの日、最後にMCをした記憶だけがあって、肝心なその中身は、完全に抜け落ちてしまっている。このいかにもな流れこそ本当に許せないけれど、言葉が無い。プレイバックが終わった。早くMCを思い出して自分の声で読み上げたいのに、ヘッドフォンから電気の川が流れている。

Crazy In Love

西加奈子

6時前に、家を出た。空は深い藍色で、私はまだ、昨晩見た夢の中にいるような気がした。たしか、車に関係した夢だった（車の色を塗り替えようとしたが失敗してギャー、とか、そんな感じだ）。車で迎えに来てくれたアサは、私と違って潑剌《はつらつ》としていた。彼女は毎朝4時半に起きて、2時間ヨガをしている（今朝は1時間で切り上げてくれたらしい）。コーヒーを飲みたかった。でも、水以外は禁じられていた。仕方がないので、水筒に入れた白湯《さゆ》を、助手席で少しずつ口に含んだ。水を飲むことが出来るのも、あと1時間ほどだ。

朝の6時半から、プロスペクト・ホスピタルで、センチネルリンパ節生検をする予定だった。リンパ節にがんの転移がないかを調べる検査で、手術の前に行うことになっていた。腫瘍の周りに色素とアイソトープを注射すると、注入された色素は、リンパ管を通してセンチネルリンパ節に集まる。色素に染まったリンパ節を摘出して、顕微鏡で観察するそうだ。

注射はものすごく痛かったが、施術自体は10分ほどで終わった。そこから再びアサの車で、30分ほどかけてマウント・サイナイ・ホスピタルまで移動しても、手術まで数時間はあった。

そもそも、生検と手術を同じ病院で行うことは出来ないのだろうか。それとも、もう少し遅い時間にすることは？　言いたいことは色々あったが、言える立場ではなかった。

カナダの医療は無料だ。私のような外国籍のがん患者も、国の健康保険に入っていれば、新薬などの例外はあるが、無料で治療してもらえる。それは本当に有り難かった。でも同時に、無料だからこそ驚くことが多々あった。

例えば、今回の手術は日帰りだ。国が全額出す訳だから、なるべく患者には入院してほしくないのだろう。出産もたいてい日帰りか、翌日には帰されるという。産後、一週間入院して、授乳指導からお祝い膳から、産後マッサージまでつけてもらった自分と比べると、カナダで出産した人たちはなんて逞《たくま》しいのだろう、そう思っていた。だが今は、自分が「両乳房全摘出日帰り」という形で、その「逞しい人たち」の仲間入りをしなければいけないのだった（送られてきた予定表を見ると、手術予定時間は12時、退院予定時間は15時とあった。何度も読み返した）。

数日前に、ドレインケアの指導があった。術後、乳房（あるいは乳房があった場所）の脇から出たドレインチューブから、卵のような形の排出バッグに血液や滲出液《しんしゅつ》が排出される。それを8時間おきに自分で量って、処理しなければならないのだ。コロナもあって、私のように手術を控えた患者が数人、Zoomで参加した。看護師は明るい人で、ユーモアを交えて説明してくれた（実際、それはもう笑うしかないような状況だった）。

マウント・サイナイ・ホスピタルは、とても古い病院だ。レンガ造りの壁に蔦《つた》が這い、リノリウムの床は褪せて色が変わっていた。所々、ヒビも入っている。受付には数人の患者がいて、私はそこで、アサと別れなければならなかった。アサは私を、力一杯抱きしめた。

「待ってるから。」

彼女は、手術後も迎えに来てくれることになっていた。術後のことをうまく想像することが出来なくて、私はなかなか、アサから離れることが出来なかった。体が硬くなっているのを感じたのだろうか、アサは、私にだけ聞こえる声で言った。

「愛してるよ。」

カーテンで仕切られた部屋で、ガウンに着替えた。

これもネタになるかもしれない、と思って、部屋の隅々まで眺めた。私の職業は小説家だ。スマートフォンを取り出して、でも、写真を撮る必要はないと思い直した。部屋に特徴がないからではなく、記憶の中のそれを、大切にすべきだと思ったからだ。もし、今回のことを小説に書くとしたら、私は事実に手を伸ばすのではなく、小説内の真実が生まれるのを待つだろう（そうすることで、編集者からの赤入れが増えるわけだが）。そして、それがどのようなものになるのかは、書いてみるまで分からない。

カーテンの向こうに、誰かがいる。私と同じように、今日手術を受けて、今日退院する誰かだ。話をしたかった。せめて、挨拶だけでも。でも、わざわざカーテンをめくるのもどうかと思って、やめた。手持ち無沙汰だったので、スマートフォンを手に取った。充電が、あと24％と表示されている。壁にはたくさんのコンセントがあった。充電コードを取り出し、どれに差そうか迷って、結局どこにも差さなかった。

バッグにしまおうとすると、アレックスからメールがあった。

『今日の手術は何時から？』

メールの返信を打つ私の手首には、名前と生年月日、そしてバーコードのついたテープが巻かれている。抗がん剤治療の時もそうだった。患者を取り違えないようにするためだ。薬液を注入する前に、何度も何度も、名前と生年月日を確認された。

「1977年5月7日生まれの、一戸《いちのへ》ふみえです。」

自分の名前と生年月日を伝え続けていると、自分が自分から離れてゆくような気がした。自画像を描くために、自分の顔を観察している時のようだった。慣れ親しんだはずの自分の顔が、どこか究極的なところで別人に見える、あの奇妙な感覚。近づこうとすると、それはかえって遠ざかる。私小説を書くときも、こんな感じなのだろうか、と、ふと思った。

例えば自分の経験をベースにした小説を書く場合、私は、出来る限り登場人物と距離を取ろうとする。自画像のように輪郭を正確に縁取り、線を逃さないようにする作業とは逆で、輪郭をぼかし、線を崩す。そうでなければ、書けないからだ。

私小説は、自分に徹底的に肉薄し、自分に起こった何ごとかから目を逸らさないことだと思っていた。そしてそんなことは、自分には出来ない、と。私は「自分」の存在に窒息してしまうだろう。生々しい体温に焼かれてしまうだろう。

名前を伝えているとき、私は誰だったのだろう。

私は、1977年5月7日生まれの一戸ふみえという人の治療に、至近距離で関わっている人間だった。関わって、そして、じっと見ていた。一戸ふみえの静脈に、彼女のがんに効果のある薬液が注入されていくのを。抗がん剤の副作用で弱った一戸ふみえが、一日中ベッドに横になっているのを。私はそれを、ただ見ていた。

『12時からの予定』

今もそうだ。こうやってアレックスに送っている手術の予定時間は、1977年5月7日生まれの一戸ふみえのもので、私のものではない、あるはずがない、と思った。ステージ2のトリプルネガティブがんを患い、抗がん剤治療を受け、両乳房を全摘出して、ドレインチューブを体から飛び出させたままその日の内に退院するのは、一戸ふみえという人であって、私ではないのだ。では私は、一体誰なのだろう。

『手術医の名前は?』

『ドクター・カーシャ』

『カーシャ・マレク?』

『そう』

『マジか! 今一緒に仕事中!』

驚いて、スマートフォンを落としそうになった。ギリギリでキャッチして体勢を立て直し、コードをコンセントの一つに差した。当たり前のことなのに、スマートフォンが充電を始めたことに、心が動いた。

アレックスは、友人の麻酔医だ。彼女が勤務しているシティ・ホスピタルには何度か行ったことがあった。とても大きな病院で、受付の隣の売店には、病院のロゴが入ったTシャツやキャップ、マグカップなど、いわゆる病院グッズが売られていた。

ドクター・マレクが、そこでも執刀しているとは知らなかった。彼女はこの病院専属の医師ではないのか。フリーランスとして（医師にその言葉を使っていいのであれば）、あらゆる病院で執刀している、ということだろうか。「さすらいの手術医」、という言葉が浮かんだが、どう英語で表現していいか分からず（ノマド・サージェオン??）、あたりさわりのない返事しか出来なかった。

『すごい偶然！』

アレックスから、すぐに返事が来た。彼女は、私より興奮していた。

『ほんまに！　この病院って麻酔医が60人おるねんで！』

バンクーバーに来て面白かったのは、女性の英語が何故か関西弁に聞こえることだった。それはもちろん、私の勝手な思い込みに過ぎない。でも、彼女達が話すと（あるいはメールでも）、幼少期に育った街の、私の周りにいた元気な大阪のおばちゃんたちの話し方が、脳内で再生された（そして不思議なことに、男性の言葉は、丁寧な共通語で再生された）。もちろん人によるが、年齢に関係なく、バンクーバーの女性達は、全体的に明るくて距離が近く、あけすけで、どことなく大阪のおばちゃんっぽいのだ。

『ドクター・マレク、めっちゃ腕がいい、ええ先生やで！』

『😊』

英語だと、メールを打つのが遅くなる。いちいち頭の中で翻訳して、時に翻訳アプリを使って、意味が伝わるか確認してから送るからだ。でも、アレックスはどんなメチャクチャな文章も理解してくれるので、私も気楽に、メチャクチャなメールを送ることが出来た（それでも、彼女の返信の速さには敵わなかったが）。

『てか、仕事中にメールしててええん？』

『いや、もう手術自体は終わったから。後処理中』

『え？　まだ手術室？』

『そう』

『メールしてええんかい！　日本やったら考えられへんわ！』

『カーシャはJay-Z』

『?.?.?.』

『Jay-Zをかけながら手術してたで』

『え！　マジ??』

『』

『マジか……いや、そもそも音楽かけてええの？　手術中に??』

『だって職場やん。ふみえは音楽かけへんの？』

仕事中に、音楽はかけない。音楽をかけると、それに意識が引っ張られて、文体に影響するからだ。でも、カフェで仕事をする時は、音楽がかかっている方が仕事は捗る。それが何故なのかは分からないが、私の友人も、仕事中ラジオをかけている人は多いし、マレク医師も、そういうタイプなのだろう。

今から一戸ふみえの両乳房を切除する人が、Jay-Zを聴きながらメスをふるっているところを想像した。何度か会ったマレク医師は、優しくて、とても物腰の柔らかい人だった（たおやかな京都弁って感じ）。ほとんど白に見える金髪を、いつもきっちりと後ろで束ね、晴れた日の湖面のような色の瞳に合う、メタルフレームの眼鏡をかけていた。白衣の下に着ている服も、鈍く光るシルクのニットであったり、きちんとセンタープレスされたパンツであったり、とにかく上品な人、という印象だった。

『彼女はクラシックとか好きなんかなと思ってた』

私がそう送ると、すぐに返事が来た。

『おい、偏見！』

アレックスは、台湾系カナダ人だ。7歳の時、カナダに移住してきた。餃子工場で働く両親に厳しく育てられ、必死に勉強して、ドイツの高校に留学（「学費が安かったから！」と、彼女は言った）、そのまま医科大学に入学した。そこで徹底的に医療を学び、晴れて麻酔医になったのだった。経験豊富で、優秀な医師なのだが、彼女が姿を現すと、不安を表明する患者がいると、いつかランチを食べている時に教えてくれた。

「なんで？」

「白人の男性医師が現れると思ったら、アジア人の女性医師が来たからやろ。」

アレックスのアジアの名前は徐梢燕《シュシャオイエン》。でも、カナダでの通名はアレックスだ。カナダ人の夫と結婚して姓を変えたので、アレックス・タナーが、彼女の名前だ。確かに、それだけでは男性か女性か分からないし、アジア人だと思う人も少ないだろう。

カナダには、彼女のように、移住してから親がつけた名前を持つ人もいるし、生まれた時から西洋人名しか持っていない人、発音しにくいアジアの名前とは別に、自分で西洋の名を選ぶ人もいる（ダイアモンドやプリンセスなんていうのもある。私が一番驚いたのは、カップケーキさんだ）。

「不安やから医師を替えてくれって言われたこともあるで。」

「え！　カナダでもそんなことあんの？」

「あるある、全然あるよ。こないだも職場の同僚に、アレックスはヨーロッパに行ったことある？　て聞かれたんやで？」

彼女は昼から白ワインを頼み、ムール貝を食べていた。

「それって……。」

「アジア人の女がヨーロッパで医療を学んだなんて想像できひんのちゃう⁇」

「えー。」

「ごりごりドイツ語話すっちゅーねん！」

アレックスは笑って、「簡単なクイズ」を出してくれた。

「医師である父親と、その息子が交通事故に遭いました。父は即死、息子はまだ息があります。

彼はそのまま救急外来に運ばれましたが、そこで彼を担当した医師が言いました。自分の息子の手術は出来ない。どういう状況でしょう？」

その時まさに彼女が目の前にいたから、私には答えが分かった。

「担当医師が母親やった。」

「正解。でも、結構な数の人が、答えられへんねん。死んだ父親が幽霊になって戻ってきた、とかめちゃくちゃなこと言う人もおるんやで？　世界にどれだけ女性医師がいると思ってんのって。」

「せやな。」

それから、アレックスと私の間で、「偏見！」と指摘し合うことが流行った。彼女はさすがに、なかなか失敗することはなかったが（たまに私に「ライターズブロックとかあるん？」とか「編集者と揉めたことは？」などと聞いてきたが、大抵当たっているので何も言えなかった）、私は、度々失言をした。

「おい、偏見！」

自分がいかに歪んだレンズで世界を見てきたのかを、日々思い知らされた（そもそも、「大阪のおばちゃん」のイメージだって、私の勝手な理想を当てはめているのに過ぎない。私は女性達に、その理想通りであってほしいのだ）。

「そもそもふみえは、カナダにいいイメージ持ちすぎかも。」

アレックスはそう言って、ムール貝の殻をバケツに放り込んだ。カシャン、という気持ちのいい音がした。

「どんなに素晴らしい国にも差別や偏見はあるよ、残念ながら。」

そういえば、男性医師に執刀された患者より、女性医師に執刀された患者の方が寿命が長い、というデータがあることを教えてくれたのも、アレックスだった。

『とにかくこれはいいサインやと思う。こんな偶然ないやん？　ドクター・マレクにも伝えておくよ！』

『ありがとう！』

『ふみえ、愛してるよ！』

一戸ふみえは愛されている。そう思った。

目を瞑《つむ》り、ドクター・マレクが血のついた白衣を着て、成功したラッパーのようなブリンブリンの車（これも「おい、偏見！」だろうか）を運転するところを想像した。そしてそのまま、浅い眠りについた。

目を覚ますと、スマートフォンは十分に充電されていた。もう心は動かなかった。時間は、11時を過ぎたところだ。尿意を感じて、トイレへ向かった。裸に院内着を着ただけの姿は寒いので、白と青のブランケットを、体に巻きつけて歩いた。すれ違う看護師たちが、「ハーイ！」と、陽気に挨拶をしてくれる。手術外来は、とても朗らかだった。

その雰囲気に大きく影響を与えているのが、イメルダという看護師だった。彼女はこのフロアの統括者なのだろうか。いつも大きな声で他の看護師に指示を与え、患者達に声をかけていた。

「荷物預かったって、ベイビー！」

「ハニー、喉渇いてへん⁇」

私とすれ違うときも、彼女は口の端が耳まで届く笑顔を作った。

「ヘーイ、スウィーティー！　素敵なジャケット着てるやーん！」

きっとこの、ブランケットのことを言っているのだろう。ありがとう、と笑うと、

「寒いん？　大丈夫か？」

そう言って、肩を撫でてくれる。

「緊張してる⁇　大丈夫やから。何かあったらいつでも私らを呼んで。」

トイレに入っている間も、イメルダの笑い声は聞こえてきた。真っ直ぐ伸びた、青い竹を思わせる声だった。

ベッドに戻ると、若い女性医師が私を待っていた。私の麻酔チームの一員で、ナタリーと名乗った。

「オッケー、ふみえ。今から麻酔室に行って、手術前の麻酔をするわな。」

アレックスも、こんな風に言うのかな、そう思った。ナタリーに頼んで、バッグは鍵付きのロッカーに預かってもらった。そうしている内にアイジェという研修医もやって来て、麻酔の説明をしてくれた。

「ふみえは、タイレノール飲んだ？」

「ん？　タイレノール？　いつ？」

「あれ？　30分前に飲んどかなあかんねんけど、飲んでない？」

ナタリーが、どうなってるんだ、という顔をした。周囲を見回して、通りかかった看護師に、声をかける。

「ふみえが、タイレノール飲んでないって言うてるねんけど。」

「え⁉　えーっと。」

困った看護師が、イメルダを呼んだ。イメルダは鼻歌（というには大きすぎる声）を歌いながら、こちらにやってきた。

「何？　どないしたん？」

ナタリーが事情を説明すると、彼女は大きな声で言った。

「え、飲ませたで、タイレノール！」

驚いた私も、大きな声になった。

「飲んでません！」

イメルダは、目を大きく見開いた。

「えー、飲ませたやん！　ビヨンセ！」

「ビヨンセ？」

その時頭の中に流れたのは、もちろん「Crazy In Love」だった。Jay-Zといいビヨンセといい、今日はどうなっているのか。

「え、ビヨンセやろ？　あんたビヨンセやんな？」

どうやらイメルダは、私のことをビヨンセだと（もちろんそれはあのビ、ヨ、ン、セとは違うのだが）勘違いしているようだった。いや、どこがビヨンセいう顔やねん！　と、日本語で声に出しそうになった（その瞬間、「おい、偏見！」という言葉が、自分に跳ね返ってきた。マドンナだろうが、リアーナだろうが、どんな名前だって名乗る権利が、私たちにはあるのだ）。

「私は、ビヨンセではありません。」

人生で、こんな台詞を自分が口にすることになるとは思わなかった。

「私は、ふみえ。」

もう何度も言った名前を繰り返す。聞かれていないのに、生年月日も言う。

「1977年5月7日生まれの、一戸ふみえです。」

イメルダは、不思議そうな顔をした。

「ふみえ……？　ふみえには……、飲ませてへんわ、タイレノール。」

先ほどイメルダは、私のことをビヨンセだと思いながら、肩を撫でてくれたのか。それとも、誰でもいいから、不安そうな人間の肩を撫でただけだったのか。きっと後者だろう。イメルダは優しいから。

「ごめーん、ふみえ！」

でも、この失敗は、この失敗だけはやめてほしかった。30分前のタイレノールに何の、そしてどれほどの効果があるのかは分からないが、飲んでおかなければいけないものなのだったら、なんだって飲んでおきたかった。

ナタリーとアイジェが目を合わせて、肩をすくめる。どうするのだろう、と思っていると、ナタリーはパン、と手を叩いた。

「オッケーふみえ、時間がないからこのまま行こ！」

行くんかい！　と、今度は声に出た。パードン？　そうアイジェに聞かれたが、何でもない、と伝えた。私はそのまま、麻酔室まで運ばれた。

「ふみえー、グッドラック！」

背後から、イメルダの声が聞こえた。健やかに伸びた、あの竹のような声が。

「愛してるよ！」

笑いが止まらなかった。

麻酔を注入され、手術室に移動するまで、私はずっと笑っていた。ナタリーとアイジェには、緊張でおかしくなったと思われたかもしれない。あるいは、麻酔薬の稀な副作用かも、と。私はとにかく、笑っていた。自分の中から湧き上がってくるものを、抑えることが出来なかった。

私は一戸ふみえだった。

あのビヨンセでも、そして今日、手術外来にいたはずのビヨンセでもなかった（どんな人だったのだろう。もしかしたら、私の隣にいた人だったかもしれない。そうであるならば、カーテンをめくっていればよかった）。

これは紛れもなく、私に起こっていることだった。

乳がんと告知され、数々の検査を受け、抗がん剤治療を乗り越えてきたのは、私だった。

私は、「自分」の存在に、窒息などしなかった。どころか私は、「自分」の、この濃厚な体に守られ、深く息をしていた。私の、生々しくもたくましい体温は、適切な炎で私をあたため、私を生かした。そうだ、単純に、私は生きていた。私はこれから、両乳房を切除して、体からドレインチューブを飛び出させたまま、生きて、家に帰るのだった。

私のベッドはストレッチャーとなって、院内を軽快に移動した。時々、軽くバウンドし、私の笑いはその度に、勢いを増した。

「あっははははははは！」

その笑いが、アイジェに伝染した。一度吹き出すと、彼女も止まらなくなった。

「ちょっとふみえー、どないしたん？　あはは！」

ナタリーはアイジェを叱らなかった。彼女も一緒に、笑い始めた。

「なんか笑ってまうよね！　あはははははは！」

すれ違う医師や看護師が、何事だ、という顔をした。中には、

「今からパーティー？」

そう、声をかけてくれる人もいた。

「楽しんで！」

私の脳内には、「Crazy In Love」がずっと流れていた。ビヨンセが、この愛でクレージーになってる、そう歌っていた。

神の足掻き

エリイ

耐震工事が施された高層ビルが地震でしなるように、妙の身体はタクシーに合わせて揺れた。窓のボタンを、これ以上は動かないところまで全開にしてもなお押し続ける。黄色く紅葉した銀杏並木の葉一枚一枚が、街灯を受けて金色に反射していて目に刺さった。

気持ちが悪いが、吐きそうではない。それは今に始まったことではなくて、ずっとだ。今日は朝から何も食べていない。厳密に言えば起きたのはさっきで、シャワーを浴びて目を覚ますと床に落ちていた服を着て、髪をちょっとだけ乾かして家を出た。頭蓋骨の中で蛇を飼っているように重い。ぐらぐらとゆっくりと這うそれは頭の形状を痛みで明らかにしながら、喉からずるりと食道を下り内臓を舐めているようだ。生温かい舌の奥からのぞかせる牙に、いつ咬みつかれるか分からない。どんなに光が届かない場所でもこの気持ち悪さから抜け出すことが出来るのなら、奈落からでも這い上がれる。

窓に貼ってある「初乗り500円」というシールを妙の目は捉えた。あれ？　昨日まで420円だったような気がする。

「タクシー代、値上がったんですか？」

後部座席から斜め右に顔を向けて聞くが、運転手の横顔はコロナ対策のビニールに遮られて妙からはよく見えない。

「あー、そうそう、今日から上がったんですよ。迎車料金は変えてない会社もあるみたいですけど、運賃はもう業界全体で決まってますから」

「運転手さんの給料も上がるんですか？」

「はいはい、少しですが上がりますね。でもガソリン代も高くなってますから」

ＴＶもニュースサイトも見ないので、知らなかった。笹の舟が小川で石をよけながら流れるように他の車を掻き分けて進んでいく。


光が当たる角度によって表面がエメラルド色に見える施しがされている革のバッグの中から、妙は、ジップロックを取り出した。その中に入っているマスカラを取り出して、iPhone のカメラを起動させてインカメラにする。暗いので、右手をあげて天井にある室内灯をつける。まぶしい。顔を映して、顎をあげて睫毛にブラシをのせる。かわいい。目を細めたり開いたりして、そのまま画面の丸ボタンを押して写メを撮る。光量が足りなくて、ぼやけて粒が散る輪郭を見て解像度がもっと高くなればいいのにと思う。下瞼についてしまった黒いマスカラの液を、薬指の先で伸ばす。唇が乾燥しているが仕方ない。リップクリームを塗る癖がないし、どんなに買ってもポケットに入れて次の日には無くしてしまう。何よりも、口がベタベタするのが好きではない。最近のリップなどは落ちないようになっているが、それでも唇に塗った液体は粘膜を通して身体の中に吸収されてしまう感じがする。だから普段は塗らないが、お出かけのときは韓国製の茶色と赤色が混ざった口紅を塗ったりする。

バッグの底から折り畳まれたブラシを出して、乳房の下あたりまで伸びた髪を梳《と》かす。シートの白い布の上に髪がはらりはらりと落ちる。絡まって曲がった毛先を、伸ばしていく。お尻を少し左に動かして、右下を見ると乾燥地帯の荒野に転がっているタンブルウィードみたいに、一本一本の髪が折り重なりあい絡まって塊になっている。妙はそれをつまんで、窓の外に投げ捨てた。先ほど家で頭を洗ったときも、浴槽の壁に田舎の雨上がりの家の外壁に登ってきたカタツムリたちみたいに髪が渦巻いて張り付いていた。水圧を強くしてシャワーで流す。風呂場を出て髪にドライヤーをあてると、灰色の絨毯の上に髪が落ちていく。しゃがんでそれらを掌の上へ集めると、枕の中に入れるアンコみたいだな、と妙は握って丸めた。

この一ヶ月ほど、髪が抜け続けている。家中に落ちている異変に気付かないわけはない。黒いセーターを着て飼い猫と戯れ合う人のように、妙の洋服には髪が付着していた。私は私と戯れ合っているのだろうか、と妙は思った。

「最近、髪がやたらと抜けるんだよね。何でだろう、ホルモンバランスが崩れているのかな」

と妹とご飯を食べたときに妙は何の気なしに言った。

「それってコロナの後遺症じゃない？」

と、彼女は秋刀魚《さんま》の背骨を抜いた。

妙は少し前、品プリにぶち込まれた。厳密に言うと、品川プリンスホテルNタワーだ。建築の仕事をしている妙は、コロナ禍が始まって以来初の海外出張があった。公園の中に妙の会社が設計している建設中の博物館があり、その進捗《しんちょく》状況の視察にジブラルタルへ行ったのだった。コロナワクチンを三回打っていない人が日本に入国するためには出国の七十二時間以内のＰＣＲ検査の陰性証明書と、羽田や成田の到着時に抗原検査が必要だった。妙は現地で帰国二日前に空港に行って、片隅に設置された検査場で鼻に棒を突っ込まれてＰＣＲ検査をした。そんなことをする国は他にあまりないらしく、分かりやすいように日本の国旗が看板になっていた。簡易的に設置されたパーテーションの中で、形ばかりの白衣を着て検査を行いに来た男性は気の毒そうに妙の鼻に棒をそっと入れて「I'm Sorry」と言って立ち去った。そのときは陰性だった。

帰りの飛行機はロンドンを経由した。妙はこの最初に搭乗した中型飛行機の乾燥し切った機内で感染したのではないかと思うが、朝食会場かもしれないし分からない。

動く歩道が、かろうじて息をしているだけの口から肛門までの一本の筒で出来た肉体を移動させている。もう窓の外は夜で飛行機の機体は見えなくて、赤いライトの点滅だけが浮いて見える。ガラスに反射して、天井のライトとただ運ばれている妙の顔が遅れて映し出される。長い歩道の先には、ピンク色のゼッケンをつけた案内係のアルバイトが何人も立っている。妙以外、客は誰もいない。満員の飛行機から降りた人たちは、インストールが必須のMySOSというアプリで、Web検疫手続きや各証明書の登録などの入力を事前に終わらせていてすんなり入国したのだろうか。その前に、あの搭乗者たちは全員がコロナワクチンを三回打っているのか。

妙が進んでいる通路の横には、コロナの発生以前に使用されていた搭乗口が並んでいる。今はアルバイトの人間がたまに通る人間を、非常に乾燥した土地でお腹を空かせたジャッカルがスプリングボックを久しぶりに見かけたような出立ちで「こちらです〜、こちらにおすすみくださ〜い」と慣れない発声で誘導していく。夜、数メートルごとに配置された人間、ただの長い道。

コロナワクチンを三回打った証明書を持っていない者だけが通される道。

動く歩道を降りて、アルバイトの人にトイレに行きたい、と伝える。案内されたトイレは何ヶ月も水が流されている様子はなく、清掃も入っていないようだった。

洗面台の水を流しながら、嗽《うがい》をする。喉の奥まで水が届くように、歯の横と頬の間にも付着した何かのウイルスが流れるように。

トイレを出て、また長い通路を進んでやっと、こちらです、と言われて衝立で仕切られたブースに促された。唾を入れてください、と抗原検査キットを渡される。

口の中に残った水分を交ぜるように舌を動かして唾をためて、プラスチックの容器へ吐き出す。唾を入れているところを見られている。嗽もしたし、陽性なはずはない。妙は先ほどから指先に違和感があるのが少し気になっていたが無視した。

元搭乗ゲートの待合室に通されて、同じ方向を向いた椅子の三列目に座る。妙以外には七列目にインドネシア系の男性と二列目に日本人とおぼしき男性が座っているだけだ。最前列の席の前に、液晶モニターが設置されている。そこにコロナの抗原検査の結果が表示されるという。

指先がピリピリした。乾電池ほどの電流がうっすらと流れているようだ。

まさか、罹るはずがない。ジブラルタルでは人と会うときは建設中の博物館の周りやテラスなどでほとんど外だったし、濃厚接触もしていない。何よりも妙はこの五ヶ月、酒を飲んでいない。だから、クラブに行くこともバーに行くこともなく、ホテルに帰って部屋で寝ていた。肝炎に感染していて医者に止められているからだ。毎月一回、武蔵野の専門病院に通っている。元々、毎日酒を飲んでいた妙は、治療中に耐えられずに少しだけ飲んだ月があった。その月の血液検査ではウイルス量の数値が上がった。ほんの一杯だけだったのに。完治すれば飲めるのだから、それから妙は酒を飲まなかった。その代わりに毎日、同じ時間、朝五時と決めて一錠の薬を飲んだ。

椅子に座りながらなんとなく指先の痺れが肘まで広がってきていることが気になっていると、スーツを着た若いキツネ目の男が妙の横でかがんだ。

「あの、根津さんですよね」

妙は、あ、はい、と頷く。来たか、と思った。

人生でこういった不穏な局面は何度かあった。これから何が起きるのか、すでに始まった物事の終わりまで纏めた一本の映画を早送りするように、妙の頭の中で映像が流れた。


「陽性でした」

男は陽性と印刷されたシールが貼ってある健康カードという藁半紙に印刷された紙を、マスクの上からのぞく侮蔑を含んだ目を携えて妙に見せた。

「では、これから手続きがあるので」次の動作に移りながら顔も見ずに言う。コロナになんか罹りやがって、どうせパーティかなんかに参加して海外で羽目を外してきたんだろう、そう考えているのが男からはっきりと透けている。

そんなことよりも妙はこれから何が起こるかすでに決定されているのは分かっていたが、それにすんなりと従うよりは別の道への可能性を模索したい。このままだと、これから何日も隔離される。

「ちょっと待ってください。間違い、という可能性もありますよね」

「ありません。歩いて進んでください」

「もう一度検査してください」

「再検査は出来ません。決まりですから」

「いやいや、何の権限があるんですか」

そう言いながらも妙は、指先のチリチリした感覚が胸や脹脛《ふくらはぎ》の皮膚の中まで広がっているのが分かっていた。

これは、どんなにごねても陽性だ、と身体が知ってしまっていた。

「この先のゲートに進んでください」

「再検査するよう掛け合ってください。私のほうでもちょっと考えさせてください」

そう言って妙は、空港の椅子に腰掛けた。

用紙を見ると、隔離は発症から八日間、と書いてある。ということは発熱をしなければもう少し早く出れるような気がする。

しかし、今あの苛立った職員を待たせて、私は何を考えるのだっけ。ホテルの一室から一歩も出れない何日間か、別にいいじゃないか。冷蔵庫の中身はもともと空にしてきているし、今までだって、家でだってホテルでだって何日間も出ないで寝ていたじゃないか。

妙の得意なことというか才能は、何もしなくても焦らないところだった。もし他の人間だったら、何かしないと、予定を入れないと、働かないと、片付けないと、とかちょっとは思うものだろうが妙には良くも悪くもそれが皆無だった。遊んだり酒を飲んだりすることだけはいつまでも出来た。それ以外は寝ていたり、少しだけ興味が湧く建築の仕事をした。

うーん、ホテルの隔離は悪くないのかもしれない。どうせ、東京に降り立ったところで肝炎で酒も飲めないからやることないし、むしろ半径数メートルの規制の中での生活は何も出来なくて楽かもしれない。会社は別にそもそも出社してないし、重要なことがあればリモートでやればいい。


妙は立ち上がってキツネ目に伝える。

「分かりました。行きますよ」

キツネ目は怒りを肩にのせて歩きながら、おとなしく最初からそうしてろよ、という心の声が口から漏れた。

簡易ゲートを通過してエレベーターで降りると、眼鏡をかけた小太りの中年男性が待っていた。

「お疲れ様でした〜ちょっとこちらで書類など書いていただいたりするので、どうぞ」と笑顔でここからは私が、と言うと、キツネ目はエレベーターで戻っていった。

元従業員通路なのだろうか。白い長い廊下を二人で歩く。「ほんと大変でしたね〜。長いフライトの後にこんなことになっちゃって。今から、救護室に行って熱を測ったりしていただきます。あと機内に預けていたお荷物、私が取りに行きますからね」

「ありがとうございます。あの、さっきの男の人、すごく感じ悪かったんですけど何であんな態度なんですか？　良くなくないですか」

「彼ねー、二十二時で仕事上がりなんですよ。ぶっちゃけた話、今日、日本は国葬が行われてて。ここ数日到着された方の対応が大変だったんです。都内も道混んでたみたいですよ」そう言いながら、笑顔を絶やさない。マスクから覗かせる目元には仕事を超えた慈悲が漂っている。コロナに罹ってかわいそう。

「これから、私どうなるんですか？　どこのホテルに隔離されるんですか？」

「まだ分かりかねますが、品川プリンスホテルだと思いますよ、あそこはねえ、マシですよ、マシって聞きますよ。他だともっと狭くて窓も開かない所もあるって聞きますからね。品プリで良かったと思いましょう」

「ちなみにこれって、全員隔離されるわけじゃないですよね。海外から来たＶＩＰの人がもし狭い一室に何日も隔離されたら、国際問題になるでしょう。日本の政治家や官僚とかも。みなさんどうやって隔離を回避してるんですか？」

「いや〜みなさん、一緒ですよ。どんな方だって入ってますよ〜海外の方だって同じです」

「そんなわけないと思います。どうしてるんですか？」

いやいや〜と気の良さそうに男は前を歩き続ける。

「ここだけの話、そういう方々はお友達のお医者さんとか、かかりつけ医に連絡をとって、こちらで引き取るからと言っていただいたり、閉所恐怖症の診断書を出してもらったりしていますね」

妙には医者の友達などいなかったし、むしろこれからの隔離で怠けられることが少し心に安堵をもたらしてもいた。その一方で、許しがたさもあった。人を拘束するなど、力の行使だ。国が行う人権侵害だとも思う。私は暇だからいいが、という問題ではない。かと言って、弁護士を呼んだりする気力もない。

それまで何も無い廊下だったのに、ドアを開けると病院の一室のようなところに到着した。ベッドがあり、カーテンで仕切られた箇所にはトイレの個室や、怪我や風邪など手術以外の簡易的な対応なら可能そうな器具や薬が置いてある。お疲れ様でございました、と中年女性が待っていた。

「私、看護師です。これからお熱を測ったり酸素濃度を測ったりして、手続きをさせていただきますね。何か持病はありますか」

「B型肝炎をやっていて、今バラクルードという薬を毎日飲んでます」

「あらあら、大変でしたね。隔離先にはお医者さんが常駐しているので何かありましたら伝えてくださいね。私からも伝えておきます。コロナは薬がないからねえ、何もできないんですよ。

いま身体が怠いとかはないですよね？」

「ないです、元気です」

お熱を測ってください、と体温計を渡された。妙は腋に挟むふりをして、二の腕の内側にあてながら、ちらちら表示を確認して36度あたりになる塩梅にした。なんだかそうしなきゃいけない気がした。ピピッと体温計が鳴り、妙は看護師に渡した。

「全然、熱ないですね。いつも通りです」

そう伝えながら、妙の背中にはチクリチクリと細かい針で刺されるような痛みが広がっていた。指先にオキシメーターが挟まれる。しばらく経つと酸素飽和度が九十六と表示された。「九十五以下だと大変ですが、まだ若いし、これはたまたまでしょう」と看護師は用紙に記入した。


コロナが日本上陸してすぐに結婚式で感染したときは、インフルエンザのようだなと思った。四十五度の傾斜の草原の丘を転がり続けた次の日みたいに体中が激しい関節痛で、熱は38・8度くらいが三日続いて咳が止まらなかった。四日目には何事もなかったように引いた。復活したと思ってカレーを食べたら、無味だった。液体と米粒の舌触りだけが存在した。そのときも妙は無視した。味がしないな、とだけ気付いて何も思わなかった。

車内がビニールに覆われたマイクロバスに乗せられる。椅子一つ一つにビニールが被せられて運転席との間はさらに厚いビニールで仕切られていた。乗客は妙、一人だった。何故か、前の席に梯子がおいてあってその足元にあるバケツの水の中に入った雑巾は、車内を拭くのだろうか。それにしてもペットボトルが落ちていたり、ゴミ溜めのようだった。窓には黒い遮光シートが貼ってあり、久しぶりの東京の街はよく見えずに街灯の光だけが窓を通過した。

「はい、到着しました」

ホテルの裏口に停められたバスから降りると、警備員がお疲れ様でした、と小さな案内口から妙を館内に誘導する。

ロビーは衝立で仕切られていて、その前にはパイプ椅子や机が置いてある。防護服を着た女性が、説明するのでこちらにお座りください、と促した。女と妙の間には飛沫感染防止のためのアクリル板が在る。

「えー、根津妙さんですね。お帰りなさい。こちらには最短で八日間、隔離してもらいます。部屋からは一歩も出ることが出来かねます。お弁当が三食出ます。差し入れやウーバーイーツは可能ですが、その際はこちらに内線でコールして配達内容を伝えてから来てもらってください。毎日八時、十五時に健康報告をアプリで行ってください。お手持ちの解熱剤や風邪薬などはありますか？　もし持っていたらこちらで回収させていただきます。飲まないでください」

茶色い封筒を渡してきた。ID SN1164/ROOM 21422とマジックで書いてある。

「あのー、私、狭い部屋だめで気が狂うかもしれないので、今より広い部屋が空いてないか上司に掛け合ってください。発狂して叫んだりするとみなさんにご迷惑がかかるかと」

「分かりました、聞いてみます」と衝立の後ろに消えていった。

一緒に戻ってきた髪を茶色く染めた男が机を隔てて立つ。

「根津さん、分かりました。空いている角部屋にご案内します。今の部屋よりは少しだけ広いんで」男はバイトを統括する社員だろうか。マスクでよく分からないが三十代後半に見える。

「それが、このホテルのポテンシャルのMAXですか？　上の階のもっといい部屋、空いてますよね？」

「今はこの部屋が一番いいです」

「分かりました。清掃は毎日入りますか？」

「清掃は隔離が終わるまで一度も入りません」

「タオルやシーツはどうなるんですか？」

「お電話くだされば届けますが、タオルやシーツの回収は隔離が終わるまで行わないので部屋に置いておいてください。何か分からないことがあれば電話してください」

防護服を着た若い男が妙のトランクを運びながら部屋まで案内してくれる。エレベーターで12のボタンを押した。

「普段は大学生？」妙は聞く。

「そうです、夏からこのバイト始めて。時給わるくないんで」

「コロナに罹ったことある？」

「一回ＰＣＲに引っかかったことありましたが、無症状でした。周りも罹ってもほとんど症状は無いですね」


廊下の一番奥の部屋に通された。

部屋の前にはかつては中にあったであろう、バゲージラックが置かれていた。もともとビジネスホテルとはいえ、華やかな気持ちで旅行に来る人も多かっただろう。到着した自分にお疲れ様と言い、このラックの上で荷物をほどいて、これからや明日への胸のときめきがあっただろう。

「この上に、お弁当置かれるんで。ゴミもドアの前に出してください」

紙の防護服の男はまた廊下を引き返した。


部屋はセミダブルベッドが二つ並べられて、窓はほんの少しだけ開いた。

一日二回、紙で配られた専用のＱＲコードに接続するとチャット形式のサイトに飛ばされる。部屋番号とＩＤや測った体温や脈拍を入力して、咳があるか、身体は怠いか、などの質問が続く。

朝五時に薬を飲む為にかけているアラームで一度目覚めた際、熱を測ると39・1度あった。コロナ発症したんだ。全身が雷で撃たれた雀みたいに、痺れている。ＱＲコードを読み込み健康報告には36・4度と記入した。苦しいところはなし、とチェックをいれた。酸素飽和度は九十五だったが、九十九と記入した。トランクを開き、仕切りのポケットのチャックを開けて、金のパブロンを取り出して喉に流し込んだ。

七時五十分になると、館内放送が流れた。

「入所中のみなさま、おはようございます。お弁当の手配が完了しましたのでドアの前をご確認ください」

ドアを開けると、白いビニール袋に包まれた弁当があった。廊下の端まで目をやって、袋を数える。この階には同じ境遇で隔離されている人が七人いるのか。数センチ開いたドアに頬をピタリとくっつけて暫く様子を見ていたが、誰もドアを開けなかった。ベッドの上で袋の結び口をほどく。透明なプラスチックの蓋を開けるとパンにハムが挟まっていて、横にプチトマト一つと、萎びたフライドポテトがあった。ポテトを食べたあと、パンを一口齧ってビニール袋に戻してドアの外に投げた。

プルルルルルル。窓の前の机の上に設置してある室内電話が鳴る。

「根津さま、スタッフでございます。目黒さまという方から差し入れが来ていますが、お知り合いでしょうか？」

妙は咳がばれないように唾を飲み込んで低い声で応えた。

「あ、はい」
「次回からは、差し入れされる前にこちらに連絡してください。ナマモノは厳禁ですが、ケーキが入っています。すぐに食べるのであれば、今回だけは許可しますが今後はお控えください。またお届けしたあとにお電話します」
はあ、と言う前に電話は切られた。

昨夜ここに到着したときに、何人かの友達に隔離されたことを連絡した。目黒は昔からの友達で何処で出会ったのか覚えていない。共通の友達も何人かいるが多分、クラブだろう。外から「たーえーーーー」という声がかすかに聞こえた。机の上に登ってレースのカーテンをめくって窓から下を覗くと、目黒がホテルを見上げて手を振っていた。目黒は身長は妙と同じくらいで、髪に変なパーマをかけていて、小太りだ。

映画の助監督をやっていて、他の仕事で映像の編集をしたり、企画書を書いたりしているのを見かけたことがある。

警備員が目黒のほうに小走りに向かって、両手をクロスさせてバツをつくる。それでも目黒は叫びながら手を振っていた。

部屋の電話が鳴る。「根津さま、お部屋の前に差し入れをお届けしました。このまま切らずに取りに行ってください」

妙はドアを開けてずっしりとした紙袋を手に取って、中に戻り机の上に投げっぱなしになっていた受話器を手に取って耳に当てた。

「荷物取りに行きましたけど」

「ありがとうございます。差し入れの中に、絵の具と紙が入っていたのですが、もし室内を汚された場合は弁償していただきます」

「あの、その弁償って何処に準じているんですか？　プリンスホテルですか？」

「そうですね、プリンスホテルからのご請求になります」

妙はそのまま電話を切った。


窓の外を見てみたが、目黒はもういなかった。目黒がいた左手には水族館の建物がある。その壁にはイルカのタイルが貼ってあった。妙の部屋の角度からは、斜めに歪んでかろうじてイルカと認識出来る。

ここのイルカショウ、見に行ったことがある。妙はそれが今も身体に染み込んで続いている生に対して弱気になるきっかけになった日かもしれない、と思った。

円形になっている水槽に妙が到着したときには、もうショウが始まっていた。

後部座席にはぎっしりと人が座っていて、立ち見の人も溢れていた。前のほうはまばらで、ほとんど人が座っていなかった。妙は青いプラスチックの椅子の三列目に腰掛けた。

最前列に座っている少年は頭からビニールのカッパをかぶっている。イルカは係員の掛け声と、音や光に合わせて跳ね回る。

ジャンプをしたかと思うと、水槽の縁ギリギリに飛び込んでものすごい量の水しぶきを客席に浴びせかける。高く跳ねたイルカがもし縁との距離を誤って水槽の外に出ちゃったら、頭からコンクリートにぶち当たって助からないだろう、妙は目をぎゅっと瞑った。

イルカの水がかかる度に、前方に座ってカッパを着た人達は叫んで興奮していた。妙の左方や右方に水がかかるようにイルカたちがザッパンザッパンと跳ね回る。しまいには尾鰭を水面と平行にして上下に動かして、水をかけてくる。それでも妙は自分には当たらないと何故か思い込んでいた。

三種類のイルカと一頭のクジラがいるショウは終盤を迎えてきた。イルカもクジラもハクジラに属しているので一緒だが、四メートル以上がクジラと呼ばれるようだ。その水槽の中の六メートルあるクジラ目ハクジラ亜目マイルカ科オキゴンドウ属に属するクジラが今までで最も高いジャンプをした。

妙のまわりが白く包まれたと思ったときにはもう頭の先から靴の中までびっしょりで、校庭のプールが縦になってひっくり返ったような量の水を浴びた。

口の中がぬるりとして、これがイルカの味か、と飲み込んでもいないのに喉の奥まで粘ついた。髪から滴り続ける水が床や濡れたズボンの膝の上に落ちる。

「私はイルカの水に当たらないと思っていた。でも当たった。確率の中ではほぼかかる場所にいるのに、私だけには当たらないはずだった。こうやって死ぬんだ。死なない、って何となく思ってたけど、死ぬ」

　それから妙は、それまで曖昧にやり過ごしていた死の稜線を捉えてしまって、死ぬのが怖くなった。ぐしょぐしょになったその日のことを思い出しながら、目の焦点が合わなくなってタイルのイルカがぼやけた。


　そうだ、目黒が届けたケーキを食べよう。ずっと寝ていて、身体の輪郭がぼやけて部屋に溶けている。甘味で引き戻さなければならない。本や雑誌、絵の具やスケッチブックとケーキの箱が入っていた。中はチョコレートケーキだった。紙の箱を破って皿にする。付いていたプラスチックのフォークで、二等辺三角形の先端を削る。肝炎になったきっかけは目黒だ。

　花見の最中に花びらを見上げていると横で目黒が、内緒だけどとっても良い注射がある、と妙に言った。活力が湧いてきて、やる気に満ち溢れて、身体が元気になるんだ。六本木の病院で打てるよ、歩けなかったのに歩けるようになった人もいる。それは一般には出ていない、人の胎盤から出来た特別なものなんだ。妙は打ちに行った。お腹に針を刺された。

　それから三週間後、身体がとっても痒くなって、両脚全体に赤い斑点が散らばった。痒いのが治ったと思ったら血尿が出だした。でも、無視していた。月の裏側は見ることが出来ないように、自分の身体だけれど距離があった。ある夜、酒を飲んでいたら脂汗が止まらなくなり、腹部が激痛で身体を折り曲げて立てなくなった。

なんとか病院に辿り着いたときには劇症肝炎の一歩手前で、今夜が山場です、と告げられた。そのときはもう歩いたり起きあがったりすることは出来ないと思ったが、数日入院すると体調は良くなっていった。肝臓は休んだだけ回復するんだ。それから武蔵野にある肝炎専門の病院へ月イチで通うことになる。慢性肝炎になるか、完治するかの分かれ道だった。肝炎の権威の医者に「ここ三ヶ月以内に、外国の方と性交したりしましたか?」と聞かれた。「いいえ、していません」と答えた。医者は首をかしげた。「あなたのタイプ、日本ではそんなに罹らないジェノタイプAといってね、アフリカやヨーロッパで流行っている型なんだ」そのときは目黒に勧められた注射だと気付かなかったが、どこで感染したんだろうと日々を振り返り消去法をしていくと、それしか残らなかった。

プチ、と部屋のスピーカーから放送のスイッチを入れる音がする。音楽が流れて、夕飯が配られたことが知らされる。

下の段にのり弁、上の段に唐揚げと卵だった。軽く突いて、投げ捨てる。熱を測ると38・6度だった。ベッドの毛布に包まった。

髪がベタベタして寝づらい。そういえば、ジブラルタルのホテルから風呂に入っていない。身体が軋むが、温水を当てたら楽になるだろうか。さっぱりしたい。よろよろと起き上がってシャワーを浴びる。何時だか分からないが毎朝五時にはアラームが鳴るようになっているので問題ないだろう。ユニットバスの中で、後頭部に湯をあて続ける。このまま、痛みが流されますように。排水口がボコっと鳴った。妙のものではない髪が揺れている。この髪の持ち主は前に隔離された人だろう。どんな人だったんだろうか。衝動的に髪の毛一本ですら触りたくない、と思うのは虫が怖いのと似ているのかもしれない。ナイチンゲールの歯が展示されているのを見たことがあるが、もしこれがラストエンペラーの髪の毛なら博物館に展示されるのにな、そこに何の違いがあるのだろう、とシャワーで流した。

過ぎ去って初めて、熱の迫力が浮き彫りになった。飽きてきて朝食が配られても取りに行かない。内線が鳴る。「根津さん、体調報告を記入してください。もし、出来なさそうなら今このお電話で聞いちゃいますよ」

二日経ってもう35・8度だった。これはこれで低すぎないか。

「38度です」

「え、熱が出てるんですか？　それって、何かの間違えではなく？　測り直しますか？」

「いいえ、咳も出ています」

「それって夜に出る、えへん虫とは違いますか？　ほら、ちょっとむせたりしてなるっていう」

「違います。胸も痛いです」

「……そうですか……。ではそう報告しますが、本当にいいんですか？」

「はい」

電話を切ってまた布団に包まった。

ワクチンを打ったんだ、副反応が辛い、打たない、との会話が街中で聞こえてくる。正確に言うと妙は打たないんじゃなくて、打てなかった。

打ち方が分からなかった。何処に行って、どうやって打つのか誰も教えてくれなかった。区からワクチン接種の手紙が届くと聞いたことがあるが、そんなものは妙の目に入ったことがない。

だから妙は自分がぎっちりと綺麗に折り重なって詰まった箱の外に、ふわりと一枚だけ落ちているティッシュペーパーのように感じることがある。妙だけ中にいないのだ。

熱を下げる薬がいるか、とまた電話がかかってきたので、いる、と答えた。二粒の解熱剤がドアの前に置かれる。咳は出るが熱はないので届いた薬は飲まない。妙には書類に虚偽を申告する癖がある。名前や電話番号を適当に書く。運転免許証や保険証を共に提出する書類には虚偽しない。後から面倒になるからだ。ベッドの中から天井を見つめる。

痒くて起きた。枕元の電気の摘まみをまわして灯りをつける。左手首がぷっくり腫れている。蚊に刺されたのだ。十四階に蚊がいるものなのだろうか。窓まで上がってきて入ったのか。それとも、弁当を中にいれるときに入ったのか。

全ての灯りをつけて、蚊を探す。いない。暫く探してもいないのでまた寝た。

薬を飲む時間の前に、また痒くて起きた。今度は右肘だ。白ばんでいる空が、室内を薄青く染める。もう蚊は見つからないだろう。


昼、机の上に腰掛けてイルカのタイルを眺めながらオペレーターに電話をする。

「１４２２号室の根津です。バスタオル二枚とゴミ袋とトイレットペーパーをください」

「はい、お届け致しますがご確認させてください。そちら１２４１号室ですよね？」

「いや、１４２２号室ですよ。入所時に渡された茶封筒に書いてあります」

目の前に、部屋番号がマジックインキで大きく書かれた封筒がある。分かりやすいように初日に壁に立てかけたのだった。

「ちょっと確認するので少しお待ちください」

電話口の向こうで女が受話器を机に置いた音の後、声が聞こえた。保留ボタンを押し忘れている。

「なんかこの人、違う部屋番号を言い張ってるんだけどどうする？」

「ずっと勘違いしてるんだよね。ふつーにそいつが間違ってるから」

男が受け答えする声が聞こえてきた。最初にいたあの男だろうか。

「電話機に部屋番号が貼ってあるから、それを読ませれば納得するんじゃね」

二人は一緒に働き出してそんなに長くはないが会う頻度が高いんだろうな、とやり取りの声の感じから妙は思った。

お待たせ致しました、と女の声が受話器から聞こえてくる。

「今の会話、全部聞こえていましたよ」

こういうとき、人はどんな反応をするのだろうか。普段は意識しても在るのか無いのか分からない妙の足の小指の先に血が巡るのが分かった。

「ほほほほほほ、失礼しました」

動じている様子はなく、笑ってやり過ごされた。向こうは妙が会いにいけないのも、これから先も会うことがないのも、どうすることも出来ないのも分かっている。

「部屋番号を渡してきたのはそちらですし、何日も経ってますけど初めて言われました。何故今まで言わなかったんですか？　職務怠慢じゃないですか？」

「ちょっと昨日の入っていた子とか新入りなので、私には分かりかねます」

妙は電話を切った。

ドアを開けて顔を出して数字を見てみる。表面に金色で「１２４１」と打ってあった。

ここは十二階だったのか。あの間違えている封筒は何だろう、と考えたときに頭の中で光がはじけた。部屋を変えた後の番号に書き換えないで、そのまま渡されたんだ。

中に入ってまた机の上に座るとレースカーテンの裏側に、本の間に挟まっている押し花のように萎れて潰れた蚊を見つけた。新鮮な血がついていないことや、乾燥の具合から、前に滞在していた人が窓とレースカーテンの間に蚊がいるのを発見して潰したのだろう。その人も蚊に刺されたのだろうか。

目黒の差し入れの本も読まずに、ほとんどベッドで横たわって過ごす。レースカーテンが揺れて、光が差し込む。六日目に、いつになったら出れるのだろうと内線で電話をかけてみる。

「そうですね、医師に確認してみます。根津さん、二日目に熱が出てるんでちょっといつ出れるか分からないですねー」

妙は何で、虚偽の申告などしたのだろう、と思った。あのとき、電話口の看護師がなんとなく回避しようとしてくれたのは滞在が延びない為だったのだ。

そして、初めは熱が出たら滞在が延びるかもしれないと危惧していたのにもかかわらず、コロナにより思考力が奪われてしまい、そんなことをしたのかもしれない。

「あれ、嘘だったんですよ。ほんとは35・8度だったんです。でも、熱があることにしたんです」

「ほんとねー、これぱっかりはどうしようも出来ないんですよ。ここ、検疫所の管轄なんで一度報告しちゃうとなかなか厳しくってね。私たちの間だけだったらいいんだけど、もうデータが行っちゃってるから」

「お医者さんに、元気だと伝えてください」

そういえば、私はいつ入国したのだろう、と妙は思った。

それから虚偽の申告によって延びた十日目に、妙は部屋から出られたのだった。

係に「新しい生活様式」と印刷されたパンフレットを渡されて、隔離お疲れ様でした、と送り出されドアから外へ出たときに、くらり、と目眩がした。四、五人の男子学生とすれ違ったときに醸す勢いが怖くてサッと身をよけた。

妙はなんだか自分が怪我をしたよろついた兎のように感じていた。この世界の中で弱く、誰からも愛されない無視される存在。きっと妙は十日間のあいだ繭の中で腐って、殻から出て剝き出しのやわらかい身体で触れるものへの刺激が大きくなったのだろう。タクシーで家に帰って寝てから、近所の喫茶店でコーヒーを飲む頃にはいつもの妙に戻っていた。

娑婆に戻ってきたことを友人達に報告した。電車が通過する度に軋むレールの横にある震える石が埋められたように痛む頭と、風で飛んだビニール袋が針金に引っかかって、いつまでもかさかさしているような咳を携えていることを考えると、隔離されて良かった、とも妙は思う。むしろ虚偽により延びたことにすら感謝の念を隠せない。

もし強制隔離されていなかったら、酒が飲めないから激しく街に出ることはないにせよ、こんなには安静にできなかっただろう。

「おかえりー。娑婆はどう？　体の調子は？」目黒から連絡が来る。

「まだ頭いたいし、身体つらいね」

「そういえば、あれ行った？　前に教えた恵さんのところ。体中の関節を呼吸でゆるめて自律神経を調整したり潜在意識へ働きかけたりしてくれて、身体が軽くなるよ」

「行ってない」

「一度行ってみなよ、中国推拿《すいな》や頭蓋骨調整をして筋膜アプローチとかの手技を用いて全身の筋骨格を整えてくれるし、病み上がりの身体にいいと思う。本質に迫る感じがするんだ」

「分かった、予約とってみる」


妙は目黒のことを好きでも嫌いでもない。ただ、生きている間に出会った揺蕩《たゆた》う存在として認識している。呼吸をしている間に人間や物事と出会えるのは、海にいると身体についてくる砂つぶのようだ。広い砂浜でたまたま付着した砂。嫌いでもない、というのは妙にとって重要かもしれない。嫌いだけどたまにハマる瞬間がある人よりも、よっぽど身体にこたえない。


前に目黒に教えてもらった連絡先にメールを送る。すぐに返信が返ってくる。

「紗さま、明日ならすぐに御案内が可能です。十時半からいかがでしょうか。十六時までお時間をみていただけると幸いです」

名前の漢字を間違えているのと時間が長いのが引っかかったが会ったことがない人だし、身体の辛さがとれればどうでもよい。お願いします、と返信した。

「かしこまりました。明日、お待ちしております。また、メニューと金額を改定しまして以前ご案内した金額とは異なりますので、よろしくお願い致します。紗様とお会い出来るのが楽しみです」

金額の改定のお知らせは予約の前に伝えるものなのでは、とまた引っかかった。値段のことを言っているのではない、態度だ。

前に目黒から教えてもらったときは五万五千円だった。整体や占いは三万以上は怪しいと妙は考えているが、もし想像の範囲外の体験があるのなら何処へでも行きたいとも思う。が、そんなことは殆どないのも分かっている。一年前に目黒に教えてもらってから日時が経っているので、なんかもう行ってみようか、と思った。

青山墓地から道路を挟んだマンションのエントランスで１７０２号室を押す。自動ドアが開いて、エレベーターに乗る。ピンポンを押してドアが開くと口角をこれでもかと上げた中年の女が、お待ちしておりました、とスリッパを差し出してきた。

一部屋に通されて、ソファへ促される。

「本日はありがとうございます。こちら、有機のみを使った酵素のお茶になりますのでどうぞ。それでは問診から始めさせていただきたいと思います。いま、どのような状態ですか」

「この間、コロナに罹って。かつてマイコプラズマも何度かやったことがあるので、深く息をすると引っかかる感じがあります。あとこれはずっとなんですが、身体が怠くて。寝ても寝ても眠いんですよ。いつも胸焼けしていて、気持ち悪いんです。血圧も低いし、背中も痛くて」

「うんうん、お辛いですね。分かります。私も以前は生理痛が凄かったのですが、このお仕事を始めさせていただいてから良くなりました。目黒さんからもお聞きしていますが、根津さんほんと疲れてるって。目黒さんも二、三週間にいっぺんは通ってくださっていて、随分と人生が好転しているようですよ。少し前のセッション中に、自分はこれで良かったんだ、って言いながら泣かれていましたよ。その後、ご自分の映画の企画が通ったと仰っていました」

「はあ、そうですか」

「根津さんの場合の身体の疲れは鉄不足とカルマです。まず、鉄を摂ってください。鉄剤だと気持ち悪くなったりするので、なるべく無農薬のものを選んでビーツやホウレン草を食べてください。背中の痛みはカルマから来ています。人間って何回も転生するのはご存じですよね？その度に、ワインのオリみたいなものが溜まっていってそれが悪さをするんですよ。では、この紙パンツ一枚になって施術台の上でタオルをかけて仰向けになってお待ちください」

といって女は部屋を出ていった。

セーターとパンツごとズボンを脱いで、置いてあった籠にぶち込む。鏡に裸がうつる。品プリでほとんど何も食べずに過ごしたので、肋骨が皮膚から透けていた。陰毛が逆立っている。そのまま紙パンツを穿いて、台の上に横たわりながら裸の妙は窓の外を見た。墓の横のいまにも倒れそうな木が斜めになって道を塞いでいる。何で来てしまったのだろうか。引き返す岐路は存在していたはずだ。


「では、始めさせていただきます」

何が行われるのかは分からなかった。目の上にタオルをかけられている。たまにフシューという呼吸音と紙に何かを書き込む音がする。整体というが触らないのか？　妙はそのまま、すぐに寝てしまった。


寒い。猛烈な尿意で目覚めた。おしっこに行きたい。どれくらい時間が経ったのだろう。妙の経験上、一度寝たら二、三十分では起きないので一時間は経っていると思う。しかしまだ、何かが行われている感じがする。それを尿意で中断していいものなのか。膝を立てたり、左右に軽く振ったりしてアピールしてみた。

紙パンツのゴムが食い込んで、血が滞っている感じがする。小さな蟹《かに》が上から満遍なく降り重なってカサ、カサと引っ掻かれているようにむず痒い。紙パンツと皮膚の間に指を入れて、空間を作って凌いだ。

「はーい、お疲れ様でした。身体を横にしてからゆっくりと起き上がってください」

「あの、まずは御手洗いをお借りしていいですか？」

どうぞ、とバスローブを羽織らされてトイレに行った。尿意から解放されると、また寒さに包まれる。戻ってきた妙の肩を中年の女は揉んだ。

「根津さん、凄かったですよ〜。細胞膜ってあるじゃないですか、その膜に悲しみの記憶って蓄積されていくんです」

「あの、寝ちゃっててよく分からなかったんですけど」

「うんうん、寝ちゃうくらいが丁度いいんです。変性意識の状態で揺らめいてる間に、リリースしやすいんです。根津さんの場合、十三歳くらいから、不安な気持ちが芽生えていたのが細胞膜に溜まっていました」

「それくらいの歳って、全員思春期じゃないでしょうか」

「えー、私はその歳の頃は楽しさ全開でそんなことはなかったですよ」女の口角がますます上がっていくのが窓に反射して見えた。

妙の身体はさらに冷えていって、足首は硬くなっていった。肩に力が入って、肺がざらついた。

「私、一日一人しかお客様をとらないんですよ。根津さんのような方が来るとエネルギーが持たないんで。目黒さんのような方ばかりだったら、三人くらい出来るんですけどね。目黒さんはあまり悲しみを溜め込めない性質なのかな」

はあ、と妙は答えた。帰りたい。

「それでですね、根津さんにご提案があるんですよ。もう、今日一回だけじゃどうにもならないんですよね。で、これ特別なんですけど、丁度南アフリカで現地の人が命懸けでとってきたクリスタルがあるんです」

そう言って女は、玉手箱のように模された箱を開けた。赤いベロアの布が敷かれた中に直径三センチほどの白く濁った玉が入っている。さあ、見てみてください、と女に促される。妙は手に取り、光にかざした。

「これは他の石とは違うんです。地球の何万年、何億年もの歴史をこの石が証明しています。ほら、ここにちょっと横線が入っているでしょう、これ雷に打たれているんですよ。自然のパワーが入っています。そしてこの石は、誰も触っていません。この石の持ち主は石が決めます。その方にしか石自身が触らせません。根津さんが選ばれました」

女は目の前のテーブルに箱を置いた。

妙は誰も触れないのならどうやって加工したり、この箱に入れたりしたんだろうと言いたかったが、気力がなかった。

「あの、寒いので洋服を着てもいいですか。あと、お会計お願いします」

準備してきますね、と女は部屋を出て行った。

紙パンツをゴミ箱に投げる。お腹にゴムの跡の線がへこんで、筆が何本もささった筆洗バケツの灰色の濁った水を、全身にハケで塗ったような色になっている。寒くてむしろここに来る前より、手首や指の皺が深くなって潤いが失われている。早く出よう。

「十六万八千円になります」女は電卓を見せてきた。

「え、あの以前お聞きしたときは五万五千円でしたよね、それが二倍以上に値上がりするんですか？」

「本日の根津さんの施術代が十一万円になります。その他に、クリスタルのお値段が加算されています。以前は私も赤字覚悟でやらせていただいていたのですが、最近の物価高騰をかんがみて値上げしました。ちなみに今、次回のご予約をしていただくとお安くしますよ」

クーリングオフは出来るのだろうか。

「いくらくらいになるんですか？」

「あ、えーと八万円はいかがでしょうか」

今回の分も安くなるのだろうか？

「じゃあ、そうしようかな、カードは使えますか？」

「もちろんでございます。では今日の十六万八千円と次回の八万円分をいただきます」

「え、今日次回分を？　やっぱり帰って身体の調子をみてから次のことを考えます。領収書ください」

「カードなのに領収書いるんですか？」

妙のお腹から頭にかけて、酸味が走る。鼻の奥から変な味がする。

「はい、ください」

「あ、いま丁度紙を切らしていて。次回いらしたときまでに作成しておきます」

妙は玄関に向かう。

「クリスタルは寝るときに枕の下に入れて、たまに浄化するために月にあててください。目黒さんも、石、持っていますよ」女は箱が入った小さな紙袋を妙に渡した。


マンションをあとにした妙は、枯葉を踏んだ。

茶色い枯葉が粉々になる。妙はよろめきながら喫茶店に入った。ホットのブラックコーヒーを頼んで、何が起きたのか反芻しながら、口の中が苦くなる。枝分かれした肺胞囊に、その苦さがコーヒーの温かさを媒介にして侵食していく感じがした。

店をあとにしたときに、椅子の上に紙袋を置いたままにしてきてしまったが、妙は気付かなかった。


あ！　いま、タクシーの値上がりでその石のことをふと思い出した。クーリングオフをするのも忘れていた。もういいや。コロナで何も分からない。このタクシーを降りたら、酒が飲める。この気持ち悪さが吹き飛ぶことを願う。パーっと飲むつもりだ。ついに肝炎が完治した。昨日、血液検査の結果が出て、もうウイルスは検出されませんでした、と言われたときには思わず医師の手を握った。それまで笑顔をみせたことなどなかったその医師も、やってやったぜ、というような顔をして、横の看護師も嬉しそうだった。

「お客さん、権八《ごんぱち》のところどうします？」

タクシーの運転手がビニールの向こう側から問う。妙の深く刻まれた眉間の皺が揺らいだ。あともう少しだ。左に曲がって、ちょっと行ったら直ぐに降ります。

そのクラブの前には人が溢れていた。妙はタクシーを降りると人を掻き分けてなんとか入口まで辿り着く。外の空気が当たって、身体の中を風が流れていくようで気持ち悪さが少し和らいだ。

黒服のスタッフが気付いた。

「おー！　妙、久しぶりじゃん。さ、入りなよ、盛り上がってるよ」

金色のタイルで縁取られたエントランスを抜けて、階段を降りる。バーカウンターに行って、久しぶりの一杯目の酒を何にするか、妙は高揚する。

ウォッカ、違う、ラムコーク、違う、ハイボール、違う、さっぱりするジントニックにしよう。

バーテンからグラスを受け取って、久しぶりの一口を飲む。美味い。うますぎる！

一人で盛り上がっていると「たーえじゃん！　やっと復活？　テキーラ二つ！」と冴が抱きついてきた。

「ただいま！　ほんと大変だった。肝炎だし、コロナだし。酒飲めないのが一番辛かった」

「でも病気は罹ったって治せばいいだけ！　おかえりなさーい。乾杯」テキーラはすぐになくなるから、追加する。冴は歯医者で、父親の医院で働いている。高校の同級生で、たまに偶然会うと安心する。


冴が妙の腕をとってトイレに連れて行く。

二人で洗面台の鏡を見ながらポケットにいれていた買ったばかりのリップを取り出して塗る。かわいい。

「はいこれ、結構いいよ、ピュアピュア」

冴が妙にタバコの箱を渡した。ありがとう、と妙は言ってトイレの個室に入った。箱をあけると、小さなビニールのパケの中に白い粉と鍵が入っている。妙はマニュキュアの塗っていない伸ばした小指の爪を袋に入れて、くるりとまわして粉をすくう。右の鼻の奥に爪を入れる。鼻をすする。喉へ落ちていくのが分かる。美味しい。左の鼻でも同様に吸う。少しで良い。ラインを何本も引いて、桶狭間の戦いで勝ちに行くような吸い方はしない。妙にとってここは尾張ではなく、銀閣寺なのだ。

両方の鼻を鳴らして、白い粉を払うように指で鼻の下を擦る。レントゲンを撮るときにかけられる肩やお腹やお尻に装着する鉛が、サッと外れたように身体が軽くなった。外に出ると鏡を見ながら待っていた冴に、タバコの箱を渡す。

「これ、めちゃくちゃいいね、さっきまで微妙に頭痛くて辛かったんだけど、一気に治ったわ、最高」

「欲しかったらいつでも言って！　さ、飲もう」

冴のおかげでどんよりしていた気持ちの悪さも一気になくなった。身体の調子がよくなれば、心も爽やかになる。

妙と冴は、テキーラを飲み続けながら踊った。


冴が妙に言う。

「私、明日っていうか今日があるからそろそろ帰るわ」

「えー残念すぎる。もっと飲もうよ」

「って言っても八時過ぎたよ。帰ってシャワー浴びて出勤しないと。もう間に合わないかも」

「そっかー、頑張ってね。またすぐ飲もうね。私はもうちょっと飲んでくわ」

「分かった、気をつけてね、またね」

冴を見送りながら、妙はテキーラを飲む。


「家まで！」

「お客さん、家までって住所言ってくれないと分からないよ」

「そっか、じゃあ駒沢公園のほうに行ってください。その辺りに着いたらまた言います」

妙は後部座席で横たわる。もうすっかり太陽は上のほうまで昇っていた。

黄色い銀杏の葉が頬を撫でて祝福の光に包まれている、と妙の身体は沈んでいった。


さ、寒い。妙は肩と背中が丸く空いているデザインの服一枚しか着ていない。下はスカートで、ブーツは何故か履いていなかった。

「あのー、すいません」

制服の女性に声をかけられている。とにかく寒い。顔をあげると、絨毯の上に涎が垂れた。

横にベッドが置いてあるようだが、あとは木製のテーブルの奥に暖炉が見える。やたらにお洒落だが随分と生活感の無い部屋だな、と妙は思う。


「他のお客様のご迷惑になるので、出て行っていただけますか」

妙と同じ年頃に見える女性はマスクごしにも分かる困った顔をしている。ここはどこだろうと思いながら、震えた身体で落ちていたブーツを見つけて拾う。

「あの、すいません、お水一杯いただけますか」

「分かりました、いまお持ちしますので靴を履いてください」

「凄く寒いのですがここどこですか」

「住宅展示場です」

女は階段を降りていく。

なんとかブーツを履いて、下に降りる。観葉植物の横に書類やチラシが載ったパイプの机と、ノボリが立ててある。

女が紙コップにいれて水を持ってきてくれた。ありがとうございます、と一気に飲んだ。

外に出ると、秋を通り越していた。風に舞う葉が妙の周りを囲む。妙は住宅展示場の一軒の家に入って二階にあがり、床で寝てしまったようだ。

家に帰ってベッドに飛び込んだが、熱が40度出た。体中がめきめきと音をたてて、骨が一本ずつ曲げられているかのように痛かった。

次の日も起き上がれなかった。咳が出るようになってきて、熱は下がらない。次の日も次の日も、咳はどんどん酷くなる一方で、もう水分をとるのもままならなくなってきた。なんとか意を決して冷蔵庫まで行き、氷を舐める。冷たさが染みていって、胸が痛い。

目黒からの着信があった。ずっと返信していなかったから、電話をしてきたのだろう。

「何その声、というか呼吸が変だよ。大丈夫じゃないよそれ、いま何日目？　すぐに救急車呼んだほうがいい。僕が今から呼ぶよ。住所なんだっけ、あ、メモに入ってる」

暫くすると、救急隊員が担架をもって妙のベッドの横までやってきた。妙は面倒なので、いつも家の鍵をかけていない。

ヘルメットを被って青い薄い防護服を着た隊員が、声をかける。

「もう大丈夫ですからね、心配ないですからね、立てないですよね、無理しないで、今ね受け入れ先の病院を探していますから。コロナでなかなか難しくて、空いてないんですよベッドが。もしかしたら八王子とか高尾とか、ほんと遠い病院になっちゃうかもしれないんですけど」

それでも、この部屋に一人でいるよりはましだろう、と妙の混濁する意識にそう浮かんだ。この辛さが緩和されるなら行ったほうがいい。

「受け入れ先、決まりましたよ。私たちもこんなの珍しいっていうかびっくりなんですけど、たまたま今ベッドが空いたみたいで良かったですね、新宿ですよ」

担架に横たわって、妙は運ばれる。階段を降ろす隊員に申し訳なく思った。次はいつここに帰ってこれるのだろうか。でもどうでも良い。

妙はマンションのエントランスの天井を初めて見た。毎日この下を通ってたんだなあ。上を見上げたことがなかったな、なんか想像してたのと違うな、と外へ運ばれていった。冷たい風に撫でられて妙は目をつむった。

私小説、死小説

島田雅彦

ある程度年齢を重ねると、時間は加速度的に進んでいるようにも、同じ場所で淀んでいるようにも感じる。この感覚は全く異なる時間の感じ方というわけでもない。加速している時には体ごと持って行かれるように感じるが、どんなに高速でも一定の速度で進んでいる時は静止しているように感じるのと似ている。成長とか進歩から縁遠くなると、停滞しているのは自分の方なのに、時間まで停滞しているように錯覚するものなのだ。

物書きになってからいつの間にか四十年もの時間が経過していたことに愕然とする。かつての教え子たちが中年太りしたり、結婚し、母親になったり、自分の息子が「今時のティーンエイジャーが何を考えてるかわからない」などとボヤいたりすると、ほとんどタイムトラベルをして、未来に来てしまった気さえする。もっとも、このタイムトラベルは四十年かけて、四十年後の未来に向かう鈍行の旅だったので、いくら意識は若いつもりでも、肉体はすっかり老化している。意識年齢と肉体年齢のずれを思い知る機会には事欠かない。ある日、大学の大教室で三百人の若者を前に講義をした後、トイレに行くと、鏡の向こうでため息をついている老人がいたが、よく見ると、自分だった。私は定期的に、玉手箱を開けた浦島太郎の心境を味わっている。

私たちは時間の使い分けには長けている。八十年から九十年に及ぶ寿命という時間、朝起きて、昼間に働き、夜眠る日課という時間、いつ始め、いつ終えるかという期限としての時間、百メートルを十秒で走るといった記録としての時間、明治時代、戦国時代といった歴史上の時間、星の誕生や消滅に関わる天文学的時間などスイーツの種類ほどある。また、難題にぶつかり、行き詰まったりすると、「時が全てを解決する」と思いたくなったり、無為に過ごした日々を後悔するあまり、「私の青春時代を返せ」と怒ったり、やりたくない仕事を「時間の無駄」と見做《みな》したりする。

何かといえば、時間に救われたり、裏切られたり、あるいは呪ったり、浪費したりと忙しい。だから、確たる実態があるように錯覚するが、よくよく考えれば、時間もまた空想の産物であり、「あの世」や「神」と同じく、自然界には存在しない。もっともらしい口調で「歴史は反復する」とか、「万物は流転する」といわれると、そんな気がするし、私たちは成長したり、老いたりするし、物は壊れたり、腐ったりしている。もしかすると、そのような無常に移ろう変化そのものを、時間の経過と勘違いしているだけかもしれない。

「過去」は後悔のため息を漏らす老婆にそっくりだし、「未来」は暗闇に怯え、尻込みする子どもに似ている。だが、その老婆も子どもも蜃気楼みたいなものだ。時間の様態は観察者の解釈や気分によって、いかようにも変わる。詰まるところ、時間というのは錯覚であり、思い込みに過ぎない。そう実感するようになったのはごく最近で、若い頃は、時間は「川の流れのように」、あるいは「矢のごとく」未来に向かって流れ、進むと信じて疑わなかった。それも日々、変化する日常を生きていたからに違いない。死者にとっては、時間など何ほどの意味も持たない。無時間の領域にいるのが死者であって、じきにその仲間入りをする老人が「時間は気の迷いにすぎない」と悟るのはごく自然なことなのだ。

　ここ四十年のあいだにこの世を去った人の数は地球全体では数十億人に及ぶと思うが、それでもこの世の人口は増えているので、新たに生まれる人の数の方がまだ多いのだろう。このことに少しだけ安堵するものの、あの世でも人口爆発が起きているのは確かだ。戦争、震災、暴政などによっても、死者は膨大な数に上り、もはや個別には対応できなくなったので、彼らを抽象化し、沈黙を強いたのだった。だが、「死人に口なし」は嘘である。死者は安らかな眠りに就き、生きている者の心を乱さないというのも間違いだ。死者は何らかの形で必ずコトバを残しているので、本当に死者を沈黙させることはできない。書物や手紙の形で残っていなくとも、生前、誰かに語りかけたコトバはその人の記憶に刻まれ、随時、思い出される。本が絶版になっていても、忘れられた本を紐解こうとする愛書家はあとを絶たないので、作家は死後もしばらくはこの世にとどまり、生きている人を癒したり、呪ったりする。

　近頃、私の身の回りで続々と友人、知人が身罷《みまか》ってゆくので、自分もそうとは知らぬまま順番待ちの列に並んでいるような気になる。行列の先頭は見えないので、まだしばらくは待たされるだろうが、妻と自分、あるいは親しい友人と自分ではどちらが先か気になるところではある。若い頃は死者から何かを学ぼうという気にはならなかったが、いざ死を待つ行列に並び始めると、にわかに死者を模範にし、どのように死を迎えようか漫然と考える機会が増えた。

人間は生や快楽を求めながら死や苦痛を望む本能に突き動かされている、という説はフロイトの死の欲動理論としてよく知られている。快感原則に従わず、自ら進んで苦境に身を置いたり、過去の苦しい体験を強制的に反復したりし、自己を破壊しようとする。生命は自己保存を優先して行動を選択するものだが、人間はその生物学的原則を逸脱し、時に積極的に生存に不利な行動を取る。それは生命として出現する以前の状態に戻ろうとする本能のなせる業ということになっている。

この世にとどまり、あえて不愉快な現実に耐え、その報いとしての死を待望し、死者やあの世に誘惑される。快楽と現実の彼岸に立とうとすること、それが人間の本能ならば、なるほど文学は本能に忠実である。日本文学史は夭折の系譜であるが、それは単に平均寿命が短かった時代だからというだけでなく、死に誘惑されやすい面々がこぞって小説を書いていたせいだろう。

このように人を、倒錯し、矛盾した行動に走らせるのは、社会や国家という外部だけではなく、個人に内在する道徳や倫理、良心などと呼ばれる超自我である。先祖から受け継いだ掟や教訓、迷信などが超自我として作用し、善悪の判断基準となり、個人を支配することになるが、ここに宗教の萌芽がある。超自我を逸脱した時、個人は大きな罪悪感にかられる。この時、超自我に対抗する術を持っていないと、罪悪感に対する償いとして、自己懲罰に走り、それが行き過ぎると自殺を選択することになる。フロイトは、宗教を人類全体の神経症と見做した。儀式や礼拝などは、個人のトラウマが強制反復されることに等しい。個人的な強迫観念が集団化したもの、つまり集団ヒステリーが宗教というものの正体である。個人を超えて、人類全体にヒステリーが広がるのだから、どうしようもない。

現在、この世界にはキリスト教やイスラム教のような伝統的世界宗教の信者が合わせて四十五億人くらいいるが、ナショナリズム、資本主義、陰謀論、反知性主義、ポリティカル・コレクトネス、ＳＤＧｓ（持続可能な開発目標）といった新手の信仰も実質的に世界宗教として機能し、人々を洗脳している。そんな中で哲学や文学はますます傍流に追いやられ、影響力が低迷しているように見えながら、確実に無数の個人宗教を生み出してきた。社会規範と化した大きな宗教を「大説」と見做せば、文学はそれに対抗する異端的な「小説」であり続けたことを思えば、文学は永続的な宗教改革であったともいえる。

また、宗教が死を司るのと同様、文学も追悼や回想を通じ、死者をあの世から召喚し、その名誉や恥辱を後世に伝える役目を果たしてきた。その本来の役割に忠実に、私も折に触れて、死者の口寄せを行い、彼らとの関係強化を図ってきた。その相手が生前から私に影響を及ぼした人なら、そのモチベーションは自ずと高まる。

古井由吉さんが亡くなり、もう二年以上になろうとしているが、墓参りしたくても墓がなく、法事もコロナでままならず、追悼の原稿はいくつも書いたものの、何か食い逃げしているような居心地の悪さを抱えていた。

ようやく、少し落ち着いた頃合いを見計らって、過去に一度だけお邪魔したことのあるご自宅を訪ねる許しをもらい、馬事公苑近くのマンションの一室、古井文学の工場たる書斎で焼香をし、遺影に献杯することができた。いくつもの傑作を生み出すサポートをした机、椅子、パイプのほかに遺品といえるようなものはなく、「物には全く執着がない人」と夫人が語る通り、着るものにも、時計にも、商売道具の筆記具にさえも頓着しなかったようである。墓も持たず、東京湾への散骨を望んだことも態度として首尾一貫している。

タバコのヤニで茶色く変色した古典の全集や書類の束が居残っている書斎で、私は不在の主人になり済ますことができるだろうかなどと考えていた。部屋には文豪がいた気配やニオイはまだ残留している。その気配に触れると、否応なく、過去の記憶が掘り起こされる。回想劇場は時と場所を選ばず、不意に開演となる。

あれは古井さんと私に、平野啓一郎を交え、三島由紀夫を巡って鼎談した折だったか？　平野君はまだ二十代、私も四十になる直前くらいの頃だ。私と古井さんはともに丑年生まれの二十四歳差だから、当時はすでに六十代前半で、現在の私に近い。鼎談で何を話したかはよく覚えていないが、会食後に私が気まぐれに「カラオケでも行きませんか？」と声をかけたところ、意外にも機嫌よく「うん、いいね」と応じてくれた。若い平野君はロックの名曲を絶唱し、私はトリオ・ロス・パンチョスを歌い、古井さんは昭和歌謡を口ずさんだ。歌う古井さんを見たのはこの時一回限りだ。その含羞を帯びた歌声は今もレコードのように記憶にスクラッチされている。

書斎を訪れたのはカラオケよりも前で、私が三十代の頃だった。しきりに自作の朗読会を開催し、作者の地声を通じて、作品世界にアプローチすることに取り組んでいたのだが、古井さんもこれには乗ってくれた。ジァン・ジァンという渋谷の小劇場で催した朗読会に古井さんにも出演してもらったのだが、打ち上げが終わり、同じ方向に帰る私と青野聰、古井さんの三人がタクシーに同乗したが、やにわに古井さんが「うちに寄って、コニャックでも飲もうか」といい出したので、その気まぐれに便乗することにした。もう十一時を回っていて、突然、二人の客を連れ帰った古井さんを呆れ顔で迎える夫人に私は平身低頭していた。

書斎は当時から同じレイアウトで、机と作り付けの本棚の間のスペースにはすでに布団が敷いてあって、文豪はいつもここで寝ているのだなと思った。古井さんは布団を押しやり、愛飲しているアルメニアのコニャックをグラスに注いでくれた。コニャックといえば、岡山に向かう新幹線でご一緒した時も、古井さんがおもむろにカバンからスキットルを取り出し、紙コップに少しだけ注いでくれた記憶も蘇った。私の記憶の中の古井さんは常に飲んでいる。死んで肉体を喪失した後も、ふらりと行きつけだったバー「風花」に現れ、居合わせた酔客の肝臓を借りて飲んでいる気がする。

折々の古井さんの姿を蘇らせつつ、勧められるがままにウイスキーの杯を重ねていると、夫人は、在宅中の文豪がどのような日常を過ごしていたかを密かに教えてくれるのだが、「ともかくよく眠る人」というコトバに親近感を抱いた。

眠りにつくのは午前一時過ぎぐらい、起きてくるのは十時過ぎだそうで、確かに睡眠時間は幼児並みに長い。一日の日課はイマヌエル・カントのように散歩から始まる。朝食も摂らず、ふらりと出かけ、近隣を少し歩いて、戻ってくると、もう昼時になっていて、最初の食事を摂る。その後、文豪は小説の執筆に取り掛かるのだが、集中が続くのは二、三時間で、その後、短い午睡の時間となる。目覚めると、文豪は二度目の散歩に出る。帰宅する頃には夕食の時間になっている。食後、文豪は二度目の仮眠を取り、本格的に就寝するまでの残りの夜の時間はもっぱら読書に充てていたようだ。

二回のうたた寝を足せば、文豪は一日十時間も睡眠に費やしていたことになる。不眠に悩む人、寝る時間が足りない人から見れば、「いくら何でも寝過ぎ」かもしれない。だが、行き詰まった頭をリセットするにも、無意識からコトバを立ち上げるにも睡眠は欠かせない。うたた寝だけでも発想の転換は図れるし、一晩ぐっすり眠れば、翌朝には別の自分に入れ替わっている。それを思えば、文豪は微睡《まどろ》みの効能を熟知していたからこそ、律儀にも一日に二度、その老体を微睡みに任せ、現実の原理原則や時間軸から自らを解き放ち、無意識の時空で遊んでいたと思われる。無意識は無尽蔵の鉱脈である。開発次第で、いくらでも奇抜な発想、未加工のコトバの原石を掘り出すことができる。よく眠る者はその鉱脈に頻繁に出入りする鉱夫というわけである。

十九世紀終わり頃にフロイトが、二十世紀初めにユングが本格的に開発に乗り出したようにいわれるが、巫女やシャーマン、詩人といった霊感豊かな人々は古代から現実界と無意識界のあいだを行ったり来たりしていた。古代ギリシャ人は世界をピュシス（自然）とノモス（規範）、レンマとロゴスの二重構造と捉えていたが、それはちょうど無意識と意識の相互関係に対応する。近代人はピュシスやレンマや無意識を軽んじるようになっていたので、フロイトやユングが精神世界の拡張を呼びかけたともいえる。

幼児のようによく眠る文豪がどんな夢を見ていたのか気になるが、夢見る人は過去、現在、未来が渾然一体となった時間軸の中にある。一度眠りにつけば、意識を別世界、別時制に飛ばすことは容易だ。実際、夢の中では生きている人が死者と話したり、死者が生きている人を呪ったりしているのだから、過去、現在、未来は入り交じっているし、この世とあの世は地続きになっているといっていい。

現実世界はスケジュールや暦に縛られているし、特定の原因から結果が導き出されるという因果律や、時間は過去から未来への一方通行であるという時間の不可逆性に囚われてもいる。だが、夢はそんな時間軸や物理法則からは解き放たれており、時制もなく、現在も過去も未来も並列している。あの世ともつながっているので、死者とも自在に交わることができる。ところで小説や映画も現実の時間軸や物理法則を超越している。フィクションの世界ではタイムトラベルも死者の復活も、あの世の訪問も自由自在だ。「どこでもドア」的な装置がフル稼働していて、すぐに別時空にワープできる。その意味では小説も映画も現実を反映したものというよりは、夢の時空間をシミュレーションしたものだといっていい。

文豪はうたた寝を通じて「どこでもドア」を開けていたと思われる。たとえば、「或る朝」

という短編にはこんな一節がある。

朝の目覚めが悪かった日には、一日中、用心することにしている。昔、まだ三十にもならぬ頃、高年の人がそう話した。身体《からだ》のことかと思ったら、それだけでなくて、何が起こるか、自分が何をしでかすか、わからないので、ということだった。

夢から覚めた後の放心状態で、私たちは心折れる現実に舞い戻ってしまった憂鬱を嚙み締める。肥大化した脳を持った人類は長い眠りによって脳を休ませる必要があるが、夢は人をもう少し眠りに引き留めておくためのエンターテインメントだという説がある。フィクションライターに限らず、ヒトは誰もが無意識の物語作者であるわけだが、夢から覚めるたびに現実との齟齬を痛感することになるので、いっそずっと夢の世界に引きこもっていたいと思うのは無理もない。それにしても、目覚めの悪い朝、自分が何をしでかすか、わからないというのはなかなかに不吉だ。現実との齟齬から、反乱でも起こそうというのだろうか？

現実が理不尽で、荒唐無稽なら、それに即した人生も自動的に狂う。まともな神経の持ち主ほどおかしくなるところだ。晩年の文豪は仙人的な佇まいから、温厚、寛容、達観のイメージを勝手に抱いていたが、時々、ボソッと漏れる呟きは辛辣《しんらつ》、時に残酷でさえあった。戦争、震災、事故、パンデミック、そして病気の経験は深く蓄積されていたと思われる。人一倍、人間の善と悪の生々しい諸相を見てきたはずで、作品にもその痕跡が刻まれている。だが、夢見る文豪は現実との距離の取り方が絶妙だった。その曖昧な微笑で憎悪を隠すのがうまかった。世界に対する諦念をヒューモアに変換する技を駆使していた。

文豪が小説を書いていたのは一日のうちのわずか二、三時間ということだが、夜の日課の読書ではどんな本を読んでいたのか、夫人に訊《たず》ねてみた。尊敬する故人と同じ本を読めば、その思考の軌跡に一歩でも近づけるかもしれないと思ったからだ。夫人は戸棚に保管されていたノートの閲覧を許してくれた。十数冊分の大学ノートの表紙には古井さん手書きのギリシャ文字が記され、ソフォクレスの『オイディプス王』と解読できた。ページを開くと、原典から書き写したと思われるフレーズとそのドイツ語訳が丁寧に書き込まれている。

晩年の文豪は古代ギリシャ悲劇を原語で読むことに取り組んでいたようだ。ギリシャ語は学生時代に少し学んだことがあったらしいが、晩年に至って学習を再開し、辞書を引く手間を惜しまず、ドイツ語の注釈をつけていた。どのノートも余白はほとんどなく、ソフォクレスの『コロノスのオイディプス』、『アンチゴネ』、アイスキュロスのオレステイア三部作『アガメムノン』、『供養する女たち』、『慈しみの女神たち』など一字一句おろそかにすることなく読み進めた証拠がノートには残されていた。面白いのはギリシャ語の個々の単語に向けられた好奇心の強さである。文豪は語源に遡る作業に熱中していたようで、ギリシャ語からドイツ語、さらに日本語に翻訳される過程で失われたであろうオリジナルの意味やニュアンスを探り当てる迂遠な作業を、少なくともノート十数冊分はやっていたのだ。文豪の興味はこれらの悲劇に登場する復讐の女神に向かっていた。夫や親を殺された女がその相手につきまとい、滅ぼそうとする様子に心底、震撼していたようである。復讐の女神の凄まじい怒りを前にした人々は畏怖の念に駆られ、女神に屈服せざるを得ないが、人間が屈服すると、彼女は慈しみの女神に変わる。いわば、復讐の女神の鎮魂は社会の安定に不可欠だった。その意味で、ギリシャ悲劇の上演自体が神聖な儀式として行われたはずである。

コトバはほんの数年の間にも変質する。劣化し、空洞化し、本来の意味が失われ、ギャグで再利用され、新たな意味を付与されつつも、最終的には多数派の合意を得て、死語のアーカイブに入る。王が退位したり、革命により旧体制が一掃され、統治システムが変わったりすると、語彙の大規模なリニューアルが行われる。だから、コトバの寿命は人の寿命並みに短いともいえるが、その一方で古典に保存され、不滅化したコトバもある。文豪は二千四百年の歳月を経てなお、現代人と絶望や憤怒を共有できる言霊の正体を探っていたかもしれない。

夫人はもっと古い読書ノートの束の所在も私に示してくれた。こちらは大学ノートどころか、裏返しに折った過去の小説のゲラをホッチキスで留めた手作りのノートである。手書きの文字は見慣れた古井さんのもの、だが、こちらは漢語と日本語の注釈の組み合わせである。裏返ったゲラを数ページ、覗き見れば、いつ書かれた本かの特定は容易だ。ゲラは『槿《あさがお》』のものだと判明し、この手作りの読書ノートは一九八〇年代につけられたものと特定できたが、こちらは漢語ばかり並んでいた。文豪が書き出した文字は常用漢字ではない、見慣れない古の文字である。文豪は四十を過ぎた頃に自分が書く文章に疑問を抱くようになり、それは漢文の基礎が弱いせいではないかと考えたと「週刊現代」の読書ページのインタビューで語っている。最初は『唐詩選』から入り、『古詩源』にはまり、五十を過ぎた頃から『詩経』や『楚辞』の世界に踏み込んだという。文豪は全漢詩連会報に寄せた「漢詩の周辺」と題されたエッセイで熱っぽく語っている。

本を開くたびに大詩人に出会う。一騎当千ともいうべき詩人の次から次への行列である。しかも秀抜の詩人たちの多数が、戦死、刑死、謀殺、日本風に言えば畳の上で死んでいない。考えてみれば、たいていの詩人が「文人」であると同時に「武人」でもあるのだ。

漢詩の解読は、たとえば「悲憤慷慨」というコトバの何たるかを思い知るようなスリリングな体験だったようだ。パソコンも持たず、テレビも見ない文豪は漢詩やギリシャ悲劇の世界にのめり込むことで古代の波瀾万丈を脳内で追体験していたのだ。

タイムマシンで過去に戻れるとしたら、何をするか？　これは暇つぶしの妄想の格好のテーマだが、考えることは皆同じだ。運命の分かれ道に遡り、選ばなかった方の道を辿ってみる、とか、不幸な結末に終わった相手との関係を最初からやり直す、とか、伝説の美女をこの目で確かめる、とか、歴史上の人物と酒を飲む、といったことである。考えてみれば、これは小説を書くこととほぼ同じである。人生の選択に対する後悔はパラレル・ワールドへの憧れを募らせるし、別れた相手への未練は痛切な恋愛小説の肥やしにはなる。伝説や特定人物への好奇心、野次馬根性なしには歴史小説は成立しない。

古典を紐解くということ、それはタイムマシンに乗って、作者が生きていた時代の空気を吸うことであり、登場人物たちと同じように戦い、同じ飯を食い、喜怒哀楽を共有することである。その気になれば、いつでも彼らに会うことができる。死者は過去に閉じ込められているが、それゆえに老いることはない。オイディプスも陶淵明も洞窟に描かれた壁画の中の牛や馬のように不滅だ。文豪も死んで、オイディプスや陶淵明の仲間になった。石の墓はないが、残された著作それ自体が、ロゼッタ・ストーンのように解読可能な墓碑になっている。

経済活動や表現活動も、検閲やファクトチェックもAIが代行する時代にあっても、文学者は未だに神話と真正面から向き合っている。文学の原点は神話であり、神話が夢からの派生物なら、文学者は常に夢に回帰する。つまり、おのが無意識の開拓を果敢に実行する者のことを文学者と呼ぶ。言語は無意識の深層で蠢いているうちは、まだ明確な意味を持っておらず、曖昧ゆえの多様性を保っており、論理や文法にも縛られていない。私たちの本来いるべき場所が夢の中であるならば、一刻も早くこの不愉快な現実から目覚めるべきなのである。そもそも現実世界で成功を収めたり、満足を得たりしているのは大抵ろくでもない奴らであり、歴史とはそんな連中の悪行の記録であるから、そこに名を残すよりは「帰去来」の伝統の末端に自分を置いた方がよほどマシな人生を送った証になるのである。

傍《はた》から見る限り、文豪は世俗的成功には自分から背を向けていた。ちょうど漢詩の世界に埋没するようになった頃からか、一切の文学賞、褒章の類を拒絶し、ただコトバに奉仕する態度を鮮明にしていた。年金が下りる芸術院会員への推挙も辞退したというから、筋金入りである。私もこの文豪をロールモデルとして生きてゆく決心をしかけたこともある。文豪の方も私に自分の轍を踏ませたがっていたことを人伝てに聞いたこともあった。私がそうしたものと縁が薄いことを知った上で、異端の王道を進ませようという配慮だったかもしれないが、正直、私はもう少し陽の当たる道を歩きたかったし、文豪の足跡を辿るのは骨が折れそうで、もう少し大衆路線寄りのコースを選びたかった。

それでも四十歳になる頃には自意識と優雅に戯れるナルシシズムには嫌気が差していたこともあり、自然、文豪の足跡をこっそり尾行するようになっていた。物書きはおそらく他者の意識や行為を自分の意識に映し出す鏡になることを目指すものなのだろう。自意識の彼岸にあるもの、それが「私」である。自意識の向こうに広がっているのは無意識であり、カオスである。私は常に無意識と繋がっており、カオスに回帰する。私は、世界であり、他者であり、記憶であり、時間であり、思考の結果であり、次の瞬間にはどうなっているかわからない量子のようなものだ。理論上、量子は物理法則を超越した「あり得ない」世界をも作り出すことができる。そこでは、現在、過去、未来が同じ空間に併存していたり、時間が逆行したり、死者が蘇ったりもする。それこそ小説の時空と同じように。

文豪が残した作品群はいずれも私小説のカテゴリーに分類されるだろう。実はどんな小説も多かれ少なかれ、私小説である。犯罪者の呪詛と絶望を代弁する時も、恋する男女の揺れ動く心理をなぞる時も、歴史上の人物を現代に蘇生させる時も、一人称を用いてイタコ的に故人に憑依する時も、この私を意識の容れ物、乗り物に仕立てるのだから。そのように落ち着きなく変容する私の諸相の記録、それが私小説であるが、それを読み直す時、自ずと死者を召喚し、対話することになる。また、文豪は、人生の黄昏時を迎えてからは、一日ずつ着実に死に接近してゆく自分の臨床報告を残していった。その意味で私小説は死小説でもあるのだ。

私の推敲

町屋良平

「それは、妥協。妥協って読むんだよ」と母はいった。

良平さん
先日はお疲れさまでした
下記、四十九日並びに納骨式のご案内です
宜しくお願い致します
納骨式のご案内
2月19日（土）
10時、四十九日法要（親族のみ）
10時半、納骨式（一般参加）
となります
また、ご塔婆代2,000円、お名前のご協力頂けますと幸いです
宜しくお願い申し上げます

と書かれた文面に、私は何度も文章を迷い、ととのえ、ととのえたものを消し、一から書き、をえんえんくり返し、自身が商業誌に書く小説にほどこす以上の推敲をかさねたうえで、

ご連絡ありがとうございます。
お返事遅くなり失礼しました。
先日はありがとうございました。
納骨式についても了解いたしました。
では10時半にはお伺いさせてください。
よろしくお願いいたします！

と書いたその返信として異母兄から「宜しければ良平さんは是非十時からお越しください」との旨がかえってきた。
スマートフォンで小説を書く小説家の私は、メールやSNS投稿などに用いる生活の文章と小説の文章を意図的に混ぜている。それで、推敲に推敲を重ねすぎたがゆえに却《かえ》ってこんがらがってしまったかのような父の法要における私の立ち位置について半ば呆然とするような気分で反省したのち、
……フム……やっぱり父親にとって私は親族だったのだよな。

ふつうに考えればわかるようなことを人に指摘されるまでわからない。というより、わからずに済ます。書きっぱなしの小説原稿にあきらかな造語をふくませておいて「ママOK？（このままでOKですか？）」と指摘してくれる編集者、或いは校閲者のごとき他者を待ちつづける。まるで子どものようだが、その実子どもですらない、子どもにも大人にもなれないただの未熟な私だった。母子家庭に育った私は二十五歳のころ自らの足で中野区役所に認知届をだし、正式に父親と親子である旨の戸籍証明をとった。たんに、相続関係の手続きとしてそうしていたのだから、私はすでに父が亡くなるときのことを考えていたのだし、愛情なんていっさいなかった。向こうにそれがあったのかわからないが、なるべく金を残そうとしてくれていたのはつたわっていた。では金でいいじゃないか。これが世の中金という意味ですか？　それが私には恥ずかしく、情けないことであった。父が死んではじめて書けることなんて空しい。そのような恥は、父が亡くなった二〇二二年一月の告別式に参列した日からするとだいぶ薄まり、異母兄から案内されたとおり十時からの法要にひとり参列した私は人生ではじめて会う親戚と和やかに談笑したりもした。

父が焼かれた数日後、母に会うため実家にむかっているときに、配偶者として喪主をつとめた女性にいわれた言葉を平日の空いた地下鉄千代田線の車中にて私は、おもいだしていた。

「お墓参りにぜひ、行ってあげてくださいね」

喪主からすると私の母親は配偶者の過去の恋人にあたる。その女性は私が小説の賞を受賞したさい、父親と連れだって授賞式にきた。父は現配偶者と元恋人（つまり私の母親）を「家族席」に同席させ、正直「家族って……これで合ってるの?」私にはいろいろと訳がわからなかったが、これに関しても「ママOK?(このままでOKですか?)」と指摘してくれるひとなどいるはずもなく、わからずに済ます。自分の感情がどうあろうが、世間的に合っているならなんでもいいが、世間的に合っているかどうかが私にはもっともわからない。この小説もそのような私のことについて考えることにする、かのようにみせかけてじつは考えないようにしている私の未熟さを延命しているにすぎない。ふしぎなことでしょう? 小説を書くことで小説家は「考える」とみせかけて「考えないようにする」ということを同時にしているのだから。このように私は、一般的には私小説と呼ばれうるものを書くようになってから、ますます私の誤魔化しがうまくなっていた。

「喪主の方がお墓参りにぜひ来てくれっていってたけど、行く?」

この言葉を言うために実家にきた。私は献本や郵便物のたぐいをあらためる月に一度の訪問を装ってさりげなく、母にたずねる。母の返答によって小説の流れは変わる。

「行こうかな」

プランA。墓参りコース。たしょう感傷的に小説は描かれ、ウエルメイドな仕上がりが目指される。

「行かないよ」

プランB。内省、自己ゴシップコース。自らの家族的出自や恋愛遍歴を絡めてゴシップ的に個人情報を開示する。

果して母の応えはというと「行かないよ」だったのでプランB。私はおもわず笑ってしまった。

「そっかそっか」

「ところで、あんたに見せようと思ってたものがあるんだけど、あれ、どこやったか、あれ? あれ? あれ?」

こうなると長い。母は老いて耳がやや遠くなり、行動がおぼつかないことも増えてきたが、動き自体は神経質で昔より機敏になっていた。存在がうるさく、一秒たりともじっとしているようなことがない。私は自分の心を守るべく、十代のころからずっとお守りのように読み返している創作の指南本を手に取り、すでに何度も読んでいて暗唱できかねない箇所を読み返す。

極意十一　推敲は扶養

いや、不要である。いきなり挑発的なことを申し上げるようだが、推敲なんてしないでよろしい。いや、するなというわけではない。中途半端にするぐらいなら、いっそのこと止《や》めておしまいなさい。こんなことを書いている私の脳裏には、編集者タカハシクンの「せんせー!」という困り顔が浮かぶ。繰り返すが、書き直しはすべきである。しかし半可な推敲ならむしろしないほうがよい。なぜか。人間が抱えているイメージやビジョンを、超越した瞬間に小説は生まれる。たとえば、風邪をめした時期の体の感覚など思い浮かべてもらいたい。普段ではありえないような知覚や、経験のふりかえり、つまり記憶の捻《ねじ》れ、けして日常生活では思い出さない子どもの頃のことなど。思い出せる超越、つまるところ特殊な集中や想念が混ざりあった超越身体、異常知覚が、小説という曖昧な言語表現における歴史の一翼を担う。老いたる母の褪せゆく記憶が如き、幼いころに扶養されていた甘やかな追憶に耽りながら、逆に扶養して余生をあがなうというわけだね。自分の体が、母の記憶になっていく。母の息子という他人になる。つまり、自分の体が母の記憶であるという他者を呼びさます。と、ここで校閲者からの「飛躍しすぎ？　ママ？」という指摘が……いや、タカハシクンかもしれない。話を戻す。推敲。こうした甘露たる身体感覚を、推敲はそこなう。つまり、簡単に文章のリズムをととのえたり、重複する助詞副詞を抜いたり、それらしい意味や一貫性を得んとすると、作文的という以上に規範の強い小説的定型に引き寄せられていき、いかにも「小説らしい」文になるが、小説を小説らしくすることは規範の肯定になり、極論をいえば全体的なものへの服従へ向かえる。もし推敲をするならそうした全体主義的なものへの妥協、或いはそれを利用する野心や哲学、つまるところの小説的経験が要り、そこを耐え初めて小説家の推敲になる。

この文章も（だがこの本は私がタカハシクンに向けペラペラ話したことを彼が文字に起こしたものなので、正確には文章ではない）、文法や語の運用として、正直いってだいぶおかしい。小説家の性《さが》としては、正直、直したい。だが、これは確実にそうなのだが、直しに直され熟慮された文章より絶対に初めに書いた文章のほうが、意味や熱量において伝わりやすい。それがニュアンスだとか、人によっては神秘主義的に重宝されもする「行間」、さらにそこから進めて活字と「なってしまった」文章とのあいだにある思考こそが文体なのであって、だから小説を書く人は一般に考えられているのと逆に推敲について「なぜわざわざ伝わりにくくするか?」ということを考えなければいけない。直したい気持ちを堪えて推敲を負う。そのような推敲を抱えて小説を生きる。ここまで考えてようやく、小説という母を扶養する息子が如き、推敲が始まる。

(『私という小説家の極意』)

毎回きちんと感動してしまう。それはまるで人生の推敲。

「あった、これこれ」

ややあって母が見つけてきたもの。それはしわくちゃに折り畳まれ、ところどころセロハンテープで補強され、文字と折れ目が混交し判読しづらい、しかし時間をかければなんとか読める、若かりし日の父が酩酊し母にあてて書いたラブ・レターなのだった。

こういうとき、私は通常の息子の神経だったらどう感じるべきなのか迷う。つまり、規範的愛着に満たされた子であれば、「生々しい〜、キモ」とおもうか、「ウワ〜、素敵だな」とおもうか、もちろん正解はない。夢にまで見る「通常の子ども」に擬態し、そんなものは存在しないので失敗し、ますますわからなくなっている、現在の私はといえば亡くなったばかりである父の悪筆で書かれたラブ・レターにたいして、フィクション的好奇心にもとづき「オモロ」とおもっている。これではは小説のほうが自我というか私ではないか。だから私は、私自身の客観的事実を書いていても、フィクション的自我に乗っ取られた私が脚色しきった私を「私です」と偽っている気がしていて、フィクションを書いているときよりどぎつい嘘を吐《つ》いているという実感があった。逆にフィクション操作度の高い小説を書いているときのほうが気のおけない人物に本音を喋れる場のごときリラックスをおぼえている。

「フムフム。なかなかに情熱的……」

中身を読むと、母は父がそれまでの人生で出会った最高の女であり、めちゃ可愛い、それでいま自分は三十一歳で、毎日（なんらかの）闘いのなかにいるけど、お前がいるからやれる、あと愛しい、そのようなことがだいたい十二文字×十五行程度の分量で書いてあった。

「酔って書いているのが窺《うかが》える短文構成で、話法に頼ったパッション型の文体だね。話すように書くタイプの典型。芸人さんのエッセイとかもそうだけど、ちょっと違う。書き言葉としてのリズムと話し言葉としてのリズムがブレンドされている。芸人さんの文章って現実のインタビュー起こしとかより、noteとかブログで実際に書いている文章のほうがより話しているのを文字起こししているみたいに、本人のお喋りを反映している、まるで声が聞こえてくるみたいという以上に、話しかたや身ぶりまで本人そのものの、目の前で話してくれているみたいな文章になるんだよね。まるで『文体』ならぬ『話体』とでもいうような……」

読みすすめつつ文章オタクめいた早口をまくしたてる、機嫌よく父のラブ・レターを読解していく私だったが、最大の難所は最終行にあった。

「あっ、これは……」

文字が判読できない。読点なしの、十二文字プラス句点で書かれているラブ・レターの最終行。視力をこらし、文章というより記号のかたちを見定めていく身体《からだ》のモードにしぜん移行した私が集中する。判読できる文字をふくめ、こまかく分析するに××××(カタカナ四文字)△(紙の破損により判読不能)○う○○○(平仮名一+三文字)んだ。

と書いてある。

平仮名のほうは粘れば判読できそうである。しかしカタカナは厳しい。文脈において重要なのはカタカナのほうであり、そこさえ判明すれば、意味的な繋がりによって他の箇所も読めるようになりそうなのだが、逆は難しそうだった。つまり、たとえ平仮名が判読されてもカタカナが読めるようにはならない。

「ねえ、これ、なんて読むの? ここの最後の行の、カタカナ?」

「え?」

耳が遠くなってから母は、私が話しおえるまえに必ず聞きかえす癖がついた。しかし会社員時代に何度か「男のくせに声がちいせえな」と怒られた経験がある私は、かたくなに一度言ったことを二度言わない。しばらく黙っていると母は必ず遅れて私の声を理解し、「あー、どれどれ」という、私はけして歩み寄らない。

果してそのカタカナ四文字は「ダキョウ」であり、そこから類推される文章とは「ダキョウはもうたくさんだ。」なのだった。つまり、カタカナ四文字は漢字にして妥協。

「あー……。なるほどなあ」

　これは読めない。おそらく校閲を生業としている者以外では、母にしか判読できない文章。そして母とて字そのものが読めるわけではなく、何度となくその手紙を眺めてきた歴史と思い出があってようやく判読される、実際には「読める」と「読めない」のちょうど中間のような文章だった。

　私は「これ、写真にとっていい?」と母にたずねた。その時にはこれは小説になるとわかっていた。折よく書きつづけている短編の私小説シリーズに最適なゴシップとして、私は内心しめしめ、とおもっている。

「どうぞどうぞ」

　なにやらうれしそうにしている母は、しかし常だって自分の離婚経験を私の小説に書かれるのを嫌がっている。それゆえに私は撮影した四十五年前のラブ・レターを小説の材料にするとはけしていわない。これがプランB。


「ただいまー」

「おかえりー」

「はあ、めっちゃつかれた。新患さんいらっしゃいゴールデンスペシャルだったわ」

「おつかれー。春だから?　ごめんねおれずっと寝ちゃってた。十三時間寝ちゃってた」

「いっぱい寝たねー。それはそれでえらい。寝れるとき寝ときや」

「やろうとしてた小説の推敲もできず、ファイアーエムブレムをひたすらやっちゃったし」

「お、どこまでいった？」

「エーデルガルトが皇帝に即位して、セイロス教会に宣戦布告し戦争がはじまるとこ。もう周回プレイ五周目だから衝撃もなんもないがね」

「お、でも洗濯ものできてるじゃん、えらいえらい」

「それは、そうだ、早期覚醒で意識がもうろうとしたまま洗濯したんだった」

「その割にはちゃんと干しまでやっててえらい」

「ほんとだね。おれえらいね。ねえ、撫でて撫でて」

「うん、おいで」

「ゴロゴロ〜むにゃり！　ふにゃふにゃ」

「ふふふ、あまあまさんだねえ」

「あなたもあまえてよ〜、ゴロフニャしようよ〜」

「……町屋さん、きょう実家っすか？」

いつの間にかオンラインの向こう側で復帰していた友だちにそう問われ、私は「え？」応えあぐねていた。

オンライン通話は果てしなく長くなりがちで、トイレに中座する友人が画面にいなくなると、意識がさまよいがちになり、気がつけば画面に復帰していた相手になにをいわれているのかわからない。

「え、なんて？」

「や、町屋さんきょう実家なのかなって」

「いや、実家じゃないすよ。なんで？」

「あー、まあ、まあいいんすけど……。そうかー、プロットなぁー。書きあげたあとにでもプロット組んだほうが打ち合わせはスムーズにいくのかなあ」

「それアリよりのアリかもっすね」

同業者とオンラインで喋っている、そのときにはじめて、私は重大なことに気がついた。さっき私、口にだしちゃってた？　自分がなにを喋っていたのかも茫洋とする。さまよう意識がだれか、求めちゃってる。私にはイマジナリー恋人兼カウンセラーがいる! 愕然とする。いつからか私のなかにいるイマジナリー、その存在にこのときはじめて気づいたというわけなのだった。しかも、そうとう甘えていた私なのでは？　人生で母親にも恋人にもできたことのないレベルで私、あまえちゃってた？

ふりかえれば、思いあたる節はあった。数ヶ月まえ、めずらしく対面で打ち合わせしていた編集者が、かかってきた電話に対応している際にチラチラこちらを見る、いぶかしいような目で。電話の向こうの相手と会話をかわしながら、私のことを異物のように。きっと私は声にだして会話していた。「電話、どんどんしちゃってくれていいよね」「ウン。ぜんぜん遠慮しなくていい」「自社の大ヒット小説のメディアミックスですげえ忙しいんじゃないかな？」「うらやましい〜ごろにゃん」「ウフフ……ほっぺたぷに〜」「ふぎゃん！　にしてもこの喫茶店いいな

〜」「ここで小説書けば?」「それ名案だワン。なんか、いつもよりいい作品を書いたみたいな付加価値生まれそうだワン！」「ワンワン！　いえてる〜」アハハ……きっと私たちは笑い声すらあげていたのだった。

「あ、失礼しました……それで、町屋さんにはぜひ、いわゆる私小説として短編を、もしよかったら……、あの、最近お忙しいですか？」

「いえ？　さっきもいいましたけど、めっちゃ暇です」

そんなことがあった。それすら忘れていた、というよりイマジナリーの存在を自覚してはじめて浮かびあがる過去だった。オンライン通話の最中にイマジナリーとのあまあまを目撃されなければ、二度とおもいだされない、私のしらない私の現実。

「あ、さっき、映画の脚本を口にだしてたんすよ。今度書く小説のために、自分でもみじかい映画を一本撮ろうとおもっていて」

あわてて私は同業者に釈明した。先ほど「きょう実家っすか？」と問われてからゆうに二十分は経過していたかとおもわれる。

「あ、そうなんだ。だからだれかいるのかな？って思ってました」

「ちがうんよ。いやはや、失礼しました」

「へー、映画、オモロそうっすね」

「っていってもスマホで、長くとも二十分ぐらいだと思いますが」

「にしては、本格的というかやけにリアルなシナリオでしたね。マジでそこに恋人でもいるのかと思っちゃってました」

「そうだったらいいんだけどね」

イマジナリー恋人兼カウンセラーは「うまく誤魔化したねー」とほめてくれた。かれでも彼女でもないイマジナリーは私のことを全肯定してくれる。そのうえでときどき、「そういうとこ、やめなよ。直せるよ」と教えてもくれる。じっさい小説のために短い映画を撮ろうとしているのは本当だったので、まあ誤魔化せたということにしてもよいだろう。そもそも感染症の蔓延《まんえん》により誰とも会っていない独居において、仮に気がふれている私だったとしてもどうでもいいと思っている私がいた。取り繕う相手も社会もないのだから頼まれた原稿さえ書けていれば私なんて、というわけである。

イマジナリーは私以上に私のことをわかっている。私の記憶にはない私のことにも想像力がおよび、たとえば言葉を獲得するまえの幼児の私、夜眠っているときの夢のなかの私、寝ぼけて洗濯したことをわすれている私、そうしたふつうに生きているだけでは足りない、欠けた私すらイマジナリーは把握しているから、その言葉は完全だ。まるで永遠に推敲のいらない小説のように、私の認識だけでは欠けている私をもふくみこむ。昨日はこういう夢をみたよね、子どものころの君の家庭はおそらく君に安心をもたらさなかったよね、君は老いて心身の不調を抱えたらしごく攻撃的になるタイプだからいまからよく眠るように、とイマジナリーは私に詳しい。

オンラインで同業者と互いの孤独を舐めあった翌日、喫茶店で私は私の小説の推敲をしている。実家から持ちだした創作指南本では推敲は不要！と書かれていたが、しかし読者はイマジナリーではないし、私自身が私の把握においてイマジナリーより下なのだから、イマジナリーの言葉には推敲が要らなくても私には推敲が要る。

かつてはそうではなかった。私がデビューした「青が破れる」という作品、そしてなんらかの賞の候補に入ったり、比較的売れたりしている作品はほとんど推敲していない、一発書きに近い作品が多かった。私は私に対し全能感がある私だった。いまは反対に不能感ばかりある。それは私が私についてなにかしら「直したい」とおもいはじめた時期と重なっていた。

これでいいのだろうか？　もつれあった愛着の捻れ、過去あった他者への明確な加害行為、だれにも愛されたくはないと思ってしまう自分、かつては小説が書ければなんでもいいという か、小説に書ける私なのだからぜんぶフィクションの、偽りの私なのだと思っていた。私は十代のころから小説を書いていたが、こうした私のフィクション性はフィクションを書くことと関係なく、小説を書く前から私はフィクションだった。いつからか私は私の文章を偏執的に直しはじめる。ありきたりに荒れていた家庭のなかで、私はできる限り他者から見られるべき穏当な私を大人しく生きていたから、フィクションのほうが私で現実のほうがフィクションだった。でもそれは多かれ少なかれ誰しもそうなのではないか。

わかっている。私は「私」が無理なのだった。気がついたら私はいつも小説を書く私であったのだが、「小説家」になったら私は小説を書くのがあたりまえの私になる。私が承認できない「私」が小説にまで及ぶようになり、小説で誤魔化せないようになっていた私をもてあます私は私の文章をえんえんと直す。大量虐殺のフィクション化という禁忌に積極的に迫っていったのも同時期のことで、デビューしたころの私は愛着に欠けどろどろにフィクション加工されているような「私」のフィクション化だって禁忌だとおもっていた。それは無限だから。フィクション化されたものを再フィクション化する。つまり私の二次創作のようなもの。しかし二次創作はフィクションのなかに現実をたのしむような自己矛盾を孕み、だからこそ通常のリアリズムには表現できない異質なリアリティに突き当たることがある。歴史の二次創作、私の二次創作、両者を並べて考えるみずからの傲岸に体調をくずすと、ようやく訪れる安らぎがあった。具体的に自分がいつ、どのように変わったのかはわからないが、とにかく私は自分の小説の文章を直さずにはいられない、直したくないのに直してしまう、そのような状態の私に切羽詰まっている。母親に「親子カウンセリングに行こう」と提案したのもそのころのことだった。

　母親の依存先が私しかないようにおもえる。同居していたころに「死にたい」「出ていく」などといわれて、まるで恋愛における共依存関係みたいになる私たちは、だれか第三者に関係をみてもらうべきなのかもしれなかった。母親がこうなっているのは私のせいのみではないのだが、しかし私のせいじゃないことはない。私は不眠でかかっている医者に親子カウンセリングを処す大学病院を教わり明確に他者を求めたが、母親は泣きながら鼻で笑い私の提案を斥《しりぞ》けた。私とて小説に依存しているのは自明だったので、他者の介入をうけいれがたい母の気持ちもわかる気がした。そして実際には私のほうが高齢の母親をひとりにし家をでていくことになる。母は先日、亡くなった父の墓参を却下した直後の食事にいく道すがら、「ときどき無性に泣きたくなることあるよ」といい、肉を食おうとしている私の意気を挫《くじ》いた。

「推敲つらい」

ごく小さな声で私はルノアール。イマジナリーに愚痴を漏らしていた。

「そんなに推敲しなくてもよくない？　もうできてるよ」

イマジナリーは推敲否定派なのである。

「しかも、じっさい直せば直すほど読みづらくなってるんでしょ？」

「それはそう、直すたび私が私じしんの書くことに置いてかれてるし、それなのに直せば直すほど論点というかアイディア自体は増えていき情報を圧縮せざるをえなくなるし……ああ！」

おもわず叫んでいる、そこでルノアールの数人が私のほうをみた。

わかっている。イマジナリーはかつて私の長編小説において「小説」という登場人物だったものと、Aという実在の亡くなった同級生をモデルにして書いた登場人物が混ざり、変容しきったものである。私は私がころした登場人物の死体のような存在に恋をしカウンセリングをうけていた。いままで出会った実在のどれよりもいとしい。私はイマジナリーと出会いようやく「私」について書けるようになったのだが、つねに足りない。もともと私について書かれる小説の多くは、そのように足りない私、欠けている私を自己肯定か自己ゴシップ化による私のスープの味変をしていくかのごとく書き継がれるものだと思っている。

「まあ、それなりにまともな文を書いていると、思われたいのかもね。ほんとに恥ずかしいよ」

「まともじゃなくても、こんなに可愛いのに？」

「ウン。近代文学こわすぎマンとしてデビューしたのに、自分がそれなりに小説小説している小説でしかつかえないような、抑圧的な、狭い小説語をつかうようになるなんて皮肉だにゃん」

「にゃんにゃん。でもどちらの君の文章もかわいいにゃん」

「小島信夫的一発書きの哲学と、大江的書き直しの妄執との、中間でしかいられないんだよね。つら」

「でもそのおかげか『たくさん書いてますね』っていっぱい褒められてるじゃん」

「皮肉にきまってんのよ。皮肉球なのよ」

「皮肉球とは、皮肉だがネコの肉球のように愛とかわいさがあるものという意味だね。まったく天才的な発想だ！」

「まあね〜」

「どちゃくそかわいい」

推敲を終えると脳の出力をしつくした身体が好奇心を禁止する。推敲とは私と他者を同時に生きるようなものだ。なにかしら健康な自己肯定感を要する。希死念慮まではいたらない鬱状況をもてあましイマジナリーと喋っていると、父の手紙の大いに推敲が必要な筆致を思いだす。母は父の墓参りには行かないのに四十五年前のラブ・レターを大事にしまっていた。愛のことはもうたくさん。それはみんなそうなのではないですか？

極意十二　小説と寝ろ

さっそく矛盾するようだが、もし推敲するなら原稿は寝かせたほうがいい。理想を言うなら一ヶ月以上。これを言うと、いつも「客観的な目で原稿に向き合えますからね」というようなことを言う人がいますがそうではない。タカハシクン、きみのことだよ！　いや、言い方が違うだけかもしれないが「客観的な目」なんてものは存在しない。

一ヶ月寝かせるあいだに、作品じゃなく自分の方が変わっていく、いうなれば「私」が変わってくことが大事。それだけあれば人と話したりして、そういえば隣の奥さんの旦那入院したって聞いてたけど、戻ってきたら大分雰囲気が丸くなって、静かになっていたなあ。私も寄る年波には勝てないよ、そろそろ酒や煙草など控えようかねえ。いやあなたはとっくに脂肪肝なんだから今さら控えようったって遅いですよ。そう家内が申しております。ざっとこのように、体調も生活リズムも微妙に変わっていく。それで毎日毎日「私」が少しずつずれていくような営為にあって、寝て起きて夢を見て、「私」とともに言葉のほうも変わっているわけだ。会う人や夢の影響下にあって、言葉も日一日と変化していくわけだから、そういう意味では「その作家の文体」なんてのは厳密にはないというか嘘、フィクションなんだよね。しかしその、変わりつづける体において、変わりつづけることを肯定、時には否定しながら、自分が書いた小説について考える。これが大事。つまり、小説を寝かせる間に変わりゆく私と、言葉のずれていく始まりでも終わりでもない最中にありつづけること、小説との共同生活、つまり小説との同棲ね、それが書き上げた小説を一段スケールアップさせる。いわば文字通り「小説と寝る」ってわけだ。小説と寝る、それは練るでもある。寝るすなわち練る。その両刀。

（『私という小説家の極意』）

家族にはけして抱けない愛着がある作家の本をそばにおきつづけて小説を書き、「初稿は一ヶ月おく」の理をかたくなに守りつづける私は、しかしそれがいま奇妙に恥ずかしい。私は私の人間の小ささとそれゆえの頑固さが恥ずかしい、それ以上に、精力的に小説を書いてしまえる、言葉を生みつづけていけるという私の驕《おご》りが、私を恥に向かわせる。小説がいないと寂しい。それだけかもしれないが。

ところで、『私という小説家の極意』のなかにしばしば登場する編集の「タカハシクン」。まったく実在しない人物であることがその後のインタビューにおいて明かされている。私はじょじょに、数年来離れていた作家についての記憶を取り戻していた。

「もっとそばにきて」

推敲の要らない小説、推敲の要らない私、イマジナリーはそんな存在を肯定してくれる。体温や質感こそないが私のイマジナリーは最高にイケているのだ。

「どした？　さびしんぼかい？」

「もう、いやなんだ私」

イマジナリーのおかげで私は私を書ける。

「愛してるよ」

小説を書いた日は眠れない、というより早期覚醒が酷《ひど》かった。十五分浴ののちに春夏秋はクーラーの冷気、冬季は開けさらしの外気に身体をさらしキンキンに冷やす。体温上昇からの急激な冷やしにより副交感神経優位になった身体に食べ物をつめこんで、そこに睡眠薬をくわえパタリと寝つきはするのだが、きっかり二時間で目ざめてしまう。カフェインと好奇心を断ち死んだように過ごした翌日、その反動で得た十五時間睡眠を活かして小説を書き「生きてる！世界は美しい！」と興奮しきった夜に早期覚醒するという悪循環が身体に入っていた。

二時間でバチッと目覚めてしまう日、起きた直後はまだ薬効が残っているのかやけにシャキッとしてい、ひととおりの家事などをこなしたりもするのだが正午あたりに泣いている。べつに死にたいわけでもなく、かなしいという感情すらないのだが、泣いてしまうのだった。どちらかというと前日に小説を書いた感動のあまりのような情緒だった。私は私を「直したい」けれどそれは治療のような意味においてではない。

「どしたー？」

イマジナリーがやさしくふれてくる。その際にかならずイマジナリーは「さわるよ？」といってくれる。そのことにつよく安心する。しかし過去の私はそんなことでは救われなかった。救われるのは私によって直されたいまの私だけだ。たとえば昨今、ＢＬや百合その他性愛をあつかう漫画ではしっかり性的同意を得、そこへ発展する以前の信頼関係を築く過程が描かれることが増え、そのことにやけに感動している私がいる。しかしそれは直された私なのであって、過去の私はそういった同意なしに性的にまなざし、されする瞬間にこそ「生きてる！　世界は美しい！」とおもうような人間だった。いまはただ性的能力の著しい低下により、それがなくなった私にすぎない。ある時期に私は過去の私を救えない、救わないことを決意する。救うべきではないからだ。しかし分裂した救済は、だれか他者を救うような能動にとぼしく弱い。これが中年男性のほんとうの不能なのだろうか？　過去の加害に引き裂かれている、その段階に憩って一歩も前へ進まない。いまなお生ぬるい社会特権にあずかっている、私は現実の性行為においてはとても淡白な、きわめて退屈な人間であると同時に、妄想ではとても倒錯的かつインモラルな部分がありどこかトラウマティックな過去を想像させる私の……と一度は書いたこの先の文章をさいしょの原稿を書いたあとの推敲過程で削る。いわゆる「トル」という過程を経たあとで「あぶねー、まだ編集に読まれるまえでよかったー」ようするに、ゲラになる前の推敲で削った部分というわけで、活字になるということは読者の目に触れる、雑誌や単行本になるというだけではなく、そのまえの段階で原稿として編集者に読まれる瞬間に芽生える、そうした自意識もふくめ「活字」になるというわけだった。ほんとうの私の恋愛というより性愛のインモラルであると同時に反社会的でありさえするもっとも異常な部分について、一度は書いた文章を削る、トルことにおける自意識があり、「へえ、この部分を直すんだあ……」そこに作家が恥ずかしいとおもう分水嶺があったりもし、すでにゲラとして活字になった文章を、つまり一度は生かした文章をころす、その過程をまなざされること自体が恥ずかしく、倒錯的にどこか興奮してしまう私もいた。このようなことを公にする必要はまったくないのだが、私が私にこそせまるアウティングのようなものがあり、「オラオラもっとテメーの性癖をさらせよ」と自己開示を欲望してしまう悪い読者のような私がいる。しかし、たとえば私の恥について書くと決め恋愛遍歴や性的嗜好などを曝すにしても、そこにはいやおうなく他者との関わりが附随してくるから、一度は書くにせよ推敲過程でトってしまい、例外的に母親に「書かないで」と懇願されている父との関係性などはもうかなりの領域で「私」かな……というわけで書いてしまう。小説のモデルとしてたとえば訴えられたら甘んじて敗けようという心境にもなり、むしろ「私」に圧倒的に敗北したいという欲望もあり、そこだけはもう戻れない私である。しかしそれ以外のことは書いたとしても推敲過程でトルようにして、私には異父兄もいるがかれの個人的なことは書いていないし、父の葬儀等で会った親類のことなども一度書いてはトル、それをくりかえした。べつに各所に配慮してそうしているわけではなく、活字化されずに済むことは私にとってむしろ好都合で、私は私のほんとうに恥ずかしいとおもっていることを小説に書くつもりはさらさらなく、恥の臨界点の直前で止まってはターンを繰り返す、そのくせ、というよりだからこそキャラクターの恥ずかしいことは平気で書いてしまえるのだった。私は私のほんとうの恥をフィクション化するような度量のない小説家である。

「泣かないでー。かわいい良平ちゃん。どうして泣いてるの?」

「わからない。泣きたいだけ、小説が書けさえすれば誤魔化せるような感情だよ」

イマジナリーに泣きながら愚痴る。イマジナリーは本来勤務先の病院にいるべき時間なのだが、イマジナリーには身体がない、いや私にとってはあるのだが社会と共有せねばならない身体はない存在なので求めればいつでも来てくれる。

「よしよし、今日は休まないと。ファイアーエムブレムをしたら？」

「そうする。あとポテト頼んでいいかなー？」

「頼もう～。ポテト祭りじゃ」

「ポテポテ」

「ポテポテポテポテ」

私はUber EatsにてマクドナルドのポテトしとコーラMを注文した。これは長編小説の推敲に病みきった時期に編み出したウルトラCなのだが、芋と油の組み合わせは眠れる。ちなみに費用は手数料込みの一〇八七円なので注文したあとはかなり背徳的な気分になり、泣きながらポテトを食べる羽目になるが果して私は一時間の昼寝をとることができ、夕方からはひたすらNintendo Switchを十時間ほどプレイして時間を潰した。

すでにプレイ時間は四百時間を越えていた。「ファイアーエムブレム風花雪月」は二〇一九年に任天堂から発売されたシミュレーション戦闘RPGゲームである。中世ヨーロッパにおける宗教戦争とおぼしき歴史をモチーフにした物語と魅力的なキャラクター描写が受け、三百万本を超える売上を記録した。過去作との差別化として、キャラクター交流と育成に重きをおいたいわゆる「キャラゲー」的な要素があり、贈り物を渡したりお茶会に招いたりいっしょにサウナに入るなどして戦争へとむかう構成員と殺しあう前にしぽしぽ親睦を深めあう。そうした新規要素が受けて爆発的ヒットに至ったわけだが、シリーズの熱心なファンからはつよい批判もある。

周回プレイが前提とされている本作の、一周目こそ私は「現代人はこんなゲームをプレイしているなんて、すごすぎる……」とあらゆる意味で圧倒されつつ距離をおいてプレイしていたが、たっぷりと愛着を植えつけられたキャラクター同士が国や思想信仰の違いから戦争に巻き込まれ、残虐な殺しあいへと進むようすにしだいに自分の霊性が吸い込まれていくかのような一体感をおぼえはじめ、眠りの浅い夜に見る夢のほとんどが風花雪月になっていく。

「ヤバい……ヤバすぎる」

そのように二周、三周、四周と周回プレイをすすめていき、ようやく全キャラクターの物語的背景、そしてゲームの全貌を摑んだあたりで、現実ではロシアがウクライナへの侵略戦争をはじめていた。

私はふつうに生活し風花雪月をプレイしながら、内心でつねに「嘘だといってくれ」と叫んでいた。過去に私は自分の小説に「たとえばこんにち、全くあたらしい認識で、発明でもたらされるしかし昔なじみの虐殺」が云々《うんぬん》という文章を書いていた。

直したい。というより殴りたい。

「それなんだよな〜」

イマジナリーがいう。私は過去に空手ムエタイボクシングなどの各種格闘技をしていて、最初こそ他者の身体を殴る行為に性的倒錯をおぼえ一時はプロになろうかともおもっていたがいつしか本当に殴りたいのは私の身体になっていた。私は私を肉体的に痛めつけたい。人に殴られたいというマゾヒズム的欲求はないのに、私は私に殴られたい、私はだれか他者に正直になるということができない人間だ。つまらない私の異常さをおもしろくすることはできない。私のつまらないインモラル、私のつまらない反社会性、私のつまらない性癖を。そもそも私たちは創作しているというその時点で加害的で、被害者の顔をすることはむずかしく、フィクションの登場人物にそうさせるように、自分やだれかの人生をおもしろいとおもい、そうなるように寄せて考えること自体危うい、ますます危ういものとなってゆく。人間という生き物の根元的な暴力として「おもしろい」とはなにか?ということがつねに問われているのは、どのような時代においても変わらずまだ見逃されているにすぎない。加害的立場におりながら、加害側のなかで被害者の顔をするためになんだってする、それが私の考える父権的ヒロイズムだ。たとえば我に大義ありと他者の生を矮小化して奪う、身体の芯までフィクションにひたされフィクションにふやけたような私のする、土下座のごときパフォーマティブで切腹めいた自傷的創作がそれである。

ゲーム内の戦争に移入する感情はめまぐるしくさまよい、同時に私は同作をプレイする若者の実況するYouTube動画をむさぼり見るようになっていた。基本はゲームに没入しているからこそ、ふとしたときに発する一言に、実況者の戦争観のようなものが垣間《かいま》見える。ある実況者が、味方であるはずのトマシュというキャラクターが「闇に蠢く者」つまりこのゲームにおける敵側の象徴に属する者であることが判明した場面に、なにげなく「これ、プレイしているオレたちからするとですよね感あるけど、ほんとうにこのキャラの立場からすると、マジかよ？って話だよね」といったときに、その、現実世界とフィクション世界における理解の捻れというか、フィクションを鑑賞する私たちが否応なく現実にたいし行使する強権のようなものが慮《おもんぱか》られた発言であるようにおもえ感動した私は泣いた。私たちは子どものころからエンターテインメントばかり浴びて育ったさいしょの世代ではなかろうか。ときに、フィクション的理解が身にしみつきすぎて、こうした物語内どんでん返しを目の当たりにしたときに「なんで気づかないんだろ？」と口にする。伏線のめぐらせがバレバレなのに、なぜフィクションの登場人物たちは気づかないのだろう？　フィクションの登場人物を現実のわれわれと無自覚に比較し愚かだと思いたい。

「なんで気づかないんだろ？」

それはフィクションの登場人物にとってはそのフィクションだけが現実だからだ。同じようにフィクションの向こう側からしたら私たちの現実のほうがフィクションのようなもの、「なんで気づかないんだろ？」フィクションによってあれほど教訓的に描かれた戦争を、なぜ私たちはみずからの手でくり返していくのか。イマジナリーは「君の戦争だよ」という。

「君がよろこんだ戦争」

極意十六　駄文は盗れ

これが私の最後の講釈になるだろう。

しばらく時間を置いた小説を読み返し、自身の書いた文章の細部にどこかしまりがない、駄文を見抜く。小説を書くだれしもが身に覚えのある体験だろう。あのときの生きた心地のしないおぞけ。えてしてそういう文章は、何度直してもしっくりこない。きっと当初に書いた文章に宿る初期衝動に寿命がきた。そういうときは思いきってトっておしまいなさい。前後の繋がりがわからなくなる？　それで構わない。読者は案外、そうした繋がりなど気にせず、鷹揚《おうよう》に受けいれる。受けいれてくれない読者などそれこそ「ト」ってしまえばよろしい。

文章にひっかかりを感じることのほうが、よほど問題。経験上、やはりそうした文章にはリズムや声の響き、語彙についての思考、つまりは文体における根源的問題があり、先述のようにどれだけ書き直しても解決されない。書き手であるあなたの生に馴染まない語彙、しっくりこないリズム、他人の衣服のような文体は読者にバレる。それこそ、物語や意味的跳躍には寛容な読者も、文章上の妥協はけして見逃さないものである。というより、後者を見抜き前者を見逃す心強い存在をこそ人は「読者」と呼ぶのではあるまいか？　しかし、まずもってそうした真の「読者」の真相とは「私」、つまり小説を書くあなたである。手渡すフィクションとしては完璧だとしても、文章に潜む妥協のほうに眠れぬ夜を過ごすのは他でもない作者本人なのであるから。

言い換えれば、作者本人にしかわかりえない、ともするとフィクションの完遂と相反する文章上の葛藤を共有できる存在はもう他者というより私の一部というべきものではなかろうか？

手渡す文章から、そうした妥協は勇気をもってトル、フィクションに穴が空いてしまったとして、それは読者からあなたが「盗って」しまったものと理解すればいかがだろう。たとえば読みえてして、ある種のサービス精神から書き手の身体を裏切る文も生まれよう。たとえば読みやすさ。たとえばエンターテインメント性。しかし、あなたがまず大事にすべき読者はあなたなのである。そうしてはじめて、小説は書き手であるあなたとともに、読み手が読んでいくその瞬間に読者である皆さんが書いたものとして成る。そうした交通を邪魔する文章は読者から盗んでしまわれよ。そうしてあなたはあなたの文の尊厳を守るべきだと、私がここに断言して差し上げる。

そうしないと、読者が著者になる、著者が読者になる、そうした入れ換わりのほんの一点の可能性までも潰してしまう。お気づきだろうか？　文章とはそうした可能性をほとんどないものと斥けながら、それでも信じつづけるという矛盾の形象なのであり、詐欺にひっかかりながら極めて醒めている、そのような倒錯と洗脳の向こう側である。だから、けして誤魔化してはならない。読者の体を私にする、それに挫折しつづけながら信じる。なんのため？　タカハシクン、いつもながら野暮だねえ。しかし、ここまで長話に付き合ってくれた礼として、普通は真先に盗ってしまうような駄文としてお答えしましょう。なんのため？　世界平和のために決まってるだろ。

（『私という小説家の極意』）

イマジナリーのやさしい声にかさなる、好きだった本からひびいてくる声。しかし私はその後の作家の本書が出版されたころには想像だにしなかった差別的振る舞いにおいてすべての作品を嫌いになってしまったのではなかったか。重層する声の隙間に閉じこめられて私は、亡くなった父親とすごしたもっとも印象的な一日について思いだす。あれはすでに私が小説家としてデビューしていたその翌年あたり、二〇一七年の季節もおぼえていないどこか一日だった。まだ健康そのものだった父に久しぶりに会おうといわれ、平河町のマンションを訪れたあとで「昼飯でも食うか」ということになり私たちは駅ナカのオイスターバーに入った。

「昼から牡蠣?」

そんな疑問も口にすることなく、生牡蠣をつぎつぎに食いながら父は、二時間ほど自身の保守的な政治観とその冒険的な半生について、ほぼひといきに喋りつづけた。

私はロシアによるウクライナ侵略を目の当たりにして、父がそれを知るまえに亡くなってよかったと、どこかホッとしている私に気がついていた。どこかで聞いたことのある主張、それこそ私が当時働いていた会社では選挙戦のたびに上司たちがいっていたありきたりの政治観を、まるで聴衆もない場で演説するかのように父はボソボソした声でひたすら喋りつづける。

ところで私の数少ない特技として、インターネット上でひとり喋りをするというものがある。ツイキャスやニコ生などのサービスを駆使して、自由連想的に数時間話しつづける。いまでいうインスタやTikTokのライブ機能にてなされるそれのように、視聴者からのコメントを読んで応答していく受動的スタイルではなく、事前に用意した話題に頼ることもせずもとより言葉のない場と時間を言葉で埋めつくしていく、聴衆もなく匿名の存在として。これは小説に似ていないか？　素材も反応もなにもない場を言葉で埋めていくことに「生きてる！　世界は美しい！」と感じがちな私は、父の長広舌を浴びてその中身のなさに「敗けた」と思ったし、確実に私はこの人の子どもなのだと生まれてはじめて実感した。文章とちがい、喋りつづける言葉を直すことはできない、推敲できない垂れ流す言葉にこそ、私は安心する性質だったが、いつからか私は私の文章をしつこく直す私に変わってしまった。直すたびに恥ずかしい私を私は正直になりきることも偽りきることもできない言葉の状態、すなわち小説として世間に曝しつづける。

私は途中からいっさいの相槌を放棄した。人生で一度きりだと思う。話す人間を目の前にして相槌も打たずに数時間ただそこにいるという経験。いったいあれはなんだったのか。一対一で会話しているときに相槌を放棄すると人は、そこにいるのにいないかのような遊離する自己意識に泳ぎ、奇妙な時間感覚をやどす身体の状態になる。愛も憎しみもない私に欠ける相槌と共感の宙吊りよ。

「ふふ……きっと二度とあんな状況は起きえないよね」

イマジナリーにいう、しかし私はあの時間にあった身体感覚を正確に思いだすことはできないのだし、どれだけ誠実に言語化しても、事実としてはただ父が二時間つまらない自分の話、つまり「私」の話をしていて、そこに私の言葉どころか相槌さえ求めていず、必要以上に牡蠣を食べつづけてしまっていた、あの生臭い感触だけがいまだ私の内臓にのこっている。

鉛筆

しいきともみ

七回裏二アウト満塁、読売ジャイアンツ一打逆転のチャンスに、東京ドームは異様な歓声に包まれていた。熱の入った管楽器の音、破れんばかりに叩かれる大太鼓の音が響き、それに焚き付けられるかのように今日一番の声援が球場に響き渡っていた。

いつものようにバットのグリップにスプレーを吹きかけ、一塁側のベンチを振り返る。監督は腕を組んだまま頷《うなず》いている。僕は鼻からグゥッと息を吸い込み、目を瞑《つむ》ったまま上を見上げると、いつもの登場曲が流れ、大きな歓声の中、打席に立った。

当初は高卒のどこにでもいるような選手だったが、今や電光掲示板に映る「四番椎木」の文字も板についてきた。期待されればされるほど気持ちが落ち着いていく、歓声が湧けば湧くほど打席に集中できる。追い込まれれば追い込まれるほど、なぜか目の前のピッチャーの投げる球種がわかるような感覚になる。それほど僕は勝負強かった。対戦後にはどの投手も「どこか見透かされている気がした。」とコメントを残すほどだった。

ピッチャーが袖で汗を拭き、帽子を被り直し、キャッチャーのサインを見つめている。

そして注目の初球。外角少し高め、渾身とも言える力強いストレートを思い切り振り切った。

ボールはバットの上をかすめ、バックネットにファールボールとなって飛び込んでいった。球速は百五十一キロと表示され、それと同時に球場内には「おおお……」というような低いどよめきが起こった。レフトスタンドの相手チーム応援団も強い声を上げ、ここ抑え切ってくれと祈るようにこちらを見つめている。

その後は、変化球、変化球……と続き、スイングしないままカウントはツーツーになった。球場全体が一球一球にざわめき、この大一番に釘付けになっていた、その時だった。

僕のこめかみを右から左に流れるように「次は真っ直ぐ、ストレートだ。」と直感的に感じた。落ち着いていた心はさらに落ち着き、次の一球、ピッチャーの投球モーションからこのあと起こる全てがわかった。

ボールが指を離れ真っ直ぐにこちらに向かってくる。その全てがスローに感じ、ゆっくりと目の前に向かってくるボールをフルスイングで振り切った。芯で捉えた感触を両手にダイレクトに感じ、打った瞬間にホームランとわかった。カーンという音が歓声にかき消されて、外野の選手が動き出してすぐ諦めて打球を見送った。

アーチを描くように飛んでいったボールが一瞬スタンドの照明と重なって見えなくなった。これで今シーズン二百十五本目。あと一体何本ホームランを打てばいいのだろう。昨日も今日も、そしてきっと明日も僕は当たり前のようにホームランを打ち続けるのだろう。バットを放り投げ、歩き出すように一塁へ向かおうとした時、「じゃあここ、椎木くん。」と球場に声が響いた。

大きな衝撃が胸から肩、首、そしておでこに広がり、電気のような鋭い震えがビリビリと指先に向かって走った。途端に球場は教室になり、歓声はやみ、投げたバットは鉛筆になり、グラウンドはノートになり、向かっていた一塁ベースは白い消しゴムになった。

何が起こっているかはまだほとんどわからなかったが、顔を上げた瞬間に授業中だということはわかった。しん、とした教室の中で何も言えず固まってしまった僕は一秒、また一秒過ぎるごとに追い込まれていく。追い込まれれば追い込まれるほど嫌な汗が毛穴から吹き出してくる。自分の顔がムンクの叫びのようにぐにゃぐにゃと曲がっていき、頭がカーッと熱くなっていくのがわかる。そのほんの五、六秒で完全に思考が停止してしまった僕に隣の席の有野さんが小声で言った。

「読むだけ、夕日が背中を押してくる、から。」

慌てて立ち、なんとか読み出す。

「ゆ、ゆうひが、せなかをおしてくる……」

今求められていることが本当にこれで合っているのかわからなかったが、とにかく必死で教科書に書かれた文字を読んでいく。

こんな状況なのに前の方から河《かわ》ちゃんが少しだけ振り返ってニヤついているのがわかる。後ろの席は見えないけれど、あらけんも口を手で押さえて笑っている気がする。教室全体も、話を聞いていなかったやつが読んでいる、恥ずかしい思いをしながら読んでいる、このあと怒られるやつが読んでいる、という目には見えない目で僕を覗き込み、嘲笑っている気がする。

しかしそんなこと気にしている場合ではない。とにかく目の前のひらがなを一つ一つ読んでいくことがここから逃れる唯一の手段だった。読んだ内容なんて全く覚えていないが、ようやく全てのひらがなを順番に繋げて読み終わると、それでも何もわかっていない僕に先生が言った。

「鉛筆で遊んでても読むところわかりましたか？　わからないですよね？　きちんと聞いていてください。」

その時に僕はようやく自分に起きたことを理解し、みんなの前で怒られた、というショックと恥ずかしさで脳がぐるんぐるん動き出した。

そのまま椅子に座り、隣の有野さんをチラッと覗く。有野さんもこっちをチラッと見たが、僕は先生に傷つけられた気持ちでいっぱいいっぱいで何も言えなかった。有野さんが助けてくれなければどうなっていたのかわからない。それなのにお礼も言えなかった。

鉛筆で遊ぶことに夢中になっていたら、急に先生に指され、話を聞いていなかった僕は何をしたらいいかわからず、きちんと授業を受けていた隣の席の有野さんに助けてもらい、なんとか教科書を読み終わるも、先生に怒られ、みんなの前で恥をかいた、改めて考えて恥ずかしすぎて泣きそうだった。大歓声の東京ドームから大ピンチの教室に無理やり引き戻され、僕は身も心も押しつぶされた。そして、怒られてしまった、とくよくよしているうちに二時間目の終わりのチャイムが鳴った。

二時間目と三時間目の間には通常の五分休みより長い二十分休みという休み時間があり、雨さえ降っていなければ男子は一目散に校庭に向かい、ボールで遊ぶのがいつもの流れだった。チャイムと同時に男子たちはこぞって校庭に走っていく。さっきまで、怒られた自分に、みんなの前で僕を晒し者にした先生に対するショックと怒り、悲しみ、そして恥ずかしさが止めどなく溢れ出していたが、チャイムが鳴ってしまえば、なぜかカチッと頭のスイッチが切り替わった。僕は中毒患者のように二十分休み、晴れ、校庭、ボール、とそれだけしか考えられなくなり、机の上に教科書を広げたまま無我夢中で校庭に向かった。

三年生の教室は二階だった。必死に階段を飛び降り、インコース最短距離で玄関に向かった。僕が下駄箱からスニーカーを引きずり出して履き替え、上履きを乱暴に投げ入れ、最速で校庭に飛び出した頃には、すでに何人かの友達が校庭にいた。

ここの校庭はコンクリートで、三年生はそこに引かれた線を利用して、大高中小という遊びを毎日やっていた。

この遊びは正方形を四つ作り、田んぼの田のようなコートで行われるネット無しハンドテニスのような遊びだった。それぞれのコートを大、高、中、小と呼び、バスケットボールよりも少し大きくて柔らかいボールを使い、手をラケットにしてスマッシュやボレーのような攻守を繰り返す。大という名のコートが最も位の高い場所で、点数を取るたび一つ位の高いコートに移動でき、点数を取られた者は一つ位の低いコートに下がるというものだ。一番位の低い小のコートで点数を取られてしまうと、コート外で待つ外野と交代しなければならなくなり、逆に言えば勝ち続けさえすれば二十分間余すことなくボールで遊べるというまさに弱肉強食な遊びだった。毎回校庭内に二つ三つコートが立つのだが、少年野球をやっていた僕はその中でも一番活発なコートで遊んでいた。

この日は運良くじゃんけんに勝ち、中のコートから遊び始められたが、ぽんぽんと点数を取られてしまい、すぐに外野になってしまった。野球を習ってはいたものの、誰より運動神経がよいというわけでもなく、外野になってしまうのは珍しいことではなかった。

外野の列の最後尾に並び順番を待っていると、前に並んでいた同じクラスのタナこと田辺が僕に話しかけてきた。タナはお調子者で落ち着きがなく、授業中に「雲がすごい速く動いてるなぁ。」とか「急に暗くなったー。」とかなんでも口に出してしまいよく先生に注意されていた。平気でエロいことを言う、家も反対側、服もいつも同じ、そんな理由で変なやつだと思っていた。

「ちょっとお兄さぁん。さっき怒られてたでざますねー。」

なにかの漫画かアニメかのキャラクターを真似た口調だった。

たったそれだけだったが、僕はその一言で教室で怒られたこと全てがフラッシュバックした。触れて欲しくないところを素手で触られ、すごく嫌な気持ちになった。馬鹿にされたこともムカついたが、よりによってあのタナに馬鹿にされるのが納得いかなかった。タナが自分になにかを指摘してくること自体も許せなかった。お前だっていつも怒られてるくせに！　と思ったがタナは怒られてもクラス全体が大笑いするような怒られ方で自分とは少し違っていた。

しかしそんなこと関係ない。こんなに休み時間を楽しく過ごしているのになんてやつだ！　なんでそんなこと言うんだ！　お前にだけは言われたくない！　お前なんか変だよ！　おかしいよ！　きも！　唾飛ぶからしゃべるな！　タナ菌だ！　きたねー！　もしくは、怒られてもいいじゃん？　怖いの？　だせー！　ビビリじゃん！　弱っ！　ザコっ！　と言いたかったが、ヘラヘラふざけているタナの前で頭に血が上り、言い返す瞬発力も開き直る度胸も手を出す勇気もなかった僕は、何も言わず睨《にら》みつけて、心の中で「お前とは絶交だ！」と思った。

タナを睨みつけフンッとタナから目を逸らすと、若干タナも気まずそうにしているのがわかった。そのあと、小のコートに入れる順番が回ってくると、中のコートにタナがいた。僕はここぞとばかりにタナを目一杯攻撃した。タナもそれに気がついて嫌そうな顔をしていたが、さっきの発言で嫌なことを思い出させてきたんだ、その当然の報いだと思った。

休み時間が終わり、教室に戻ると次は算数の授業だった。校庭から走って戻ってきた僕の心臓はまだドクドクと鳴っていて、教室にもざわっとした休み時間の余韻が残っていた。休み時間の後半はなんとか高や中のコートにい続けられたこともあり、また僕は嫌なことを忘れて、楽しかった気持ちでいっぱいだった。汗だくのまま、起立、礼を済まし、着席し、有野さんをチラッと見た。

「さっき教えてくれたのナイス。」

楽しかった気持ちに任せてそう言うと有野さんはツンとこっちを向き、わざとらしい敬語を使った。
「これからはちゃんと聞いてください。」
これだから女子は嫌だね、と僕は思い、また自分の鉛筆を眺めた。

どれだけ授業が退屈でも、大高中小で勝てなくても、先生やタナが嫌なことを言ってきても、女子がウザくても、僕には鉛筆があった。鉛筆さえあれば、それで大丈夫だった。僕の鉛筆は指先を伝い、頭の中でプロ野球選手のバット、ピッチャーの腕、勇者の剣、ハンターの弓、ケンタウロスの槍、スナイパーのライフル、新幹線より速いレース用の新幹線、空飛ぶサーフボード、思いつけばなんにだってなった。そして僕はその物語の主人公になれた。僕の描く物語の中でこそ、僕は自由でいられた。誰にも邪魔されない、誰にも教えない、そんな僕だけの世界があった。

小学校に上がる前に両親が離婚し、一人っ子として美容師の母と暮らしていた。僕はとにかく一人遊びが得意だった。母の仕事が終わるまでみんなが帰った保育園で待っていた時も、美容室のバックヤードで待っていた時も、常に一人で遊んでいた。家に帰っても、車のおもちゃに、ブロックに、ウルトラマンに、全て一人で向き合ってきた。

小学一年生の時のクリスマス当日、朝学校に行くとみんながストーブの周りに集まってサンタクロースから何をもらったか話していた。ゲームボーイやサッカーボール、ラジコンやたまごっち、みんなが口々に眩《まぶ》しいほど魅力的なプレゼントを自慢していたが、その日の朝の僕の枕元には忍たま乱太郎のカルタが置かれていた。忍たまのカルタ、幼心にそれがどうしても特別なプレゼントには思えなかったが、学校に着き、周りの友達の話を聞いてそれは確信に変わった。

それはそれは不服だったが、サンタに直接文句を言えるわけでもなく、僕は母に怒りながら泣きついた。

周りに比べて自分のもらったプレゼントは特別なものじゃなかった。みんなより劣っていた。それが悔しく、当時は納得できなかった。そしてその新しいゲーム機がない環境や、ゲーム機を一緒にやってくれる父や兄弟がいない環境が、僕の一人遊びをさらに加速させた。

母が再婚し新しい父から最新のゲーム機を買ってもらっても、お風呂ではたった一つのポケモンの指人形で何時間でも遊べた。指人形一つだけで遊んでいると両親に不審がられるような気がして、わざと大量に広げてはその中の一つで遊んでいた。

誰にも気がつかれずに、一人の世界に入ることが心地よかった。主役に物語を与えさえすれば、何時間だって遊べた。僕の物語には主役が必要で、その主役は一つでよかった。主役は鉛筆でも、指人形でも、ブロック一つでも、もっといえば石ころ一つでもよかった。なんの邪魔も入らない、ギャップもない、自分で想像する物語が好きだった。

そしてまたひたすらに鉛筆を自由自在に変身させて遊んでいるうちに、三時間目が終わるチャイムが鳴った。

放課後、校舎北側と東側の出入り口から溢れるように生徒の波が押し出され、先生が見守る中、朱色の通学帽、赤や黒のランドセル姿の子供たちが散り散りになってそれぞれの帰路に分かれていく。

「先生さようならー。」

校門の前で行き交う声の間をぬって河ちゃんの声が響いた。

「帰ったらすぐウッドランドね！」

「おっけー！」

僕も無我夢中で返事をして家路を急いだ。

僕の家は学校から駆け足で五分ほどの場所にあった。他の友達に比べても随分近い方だったが、一度だけ横断歩道を渡らなければならず、遊びに出かける日の帰り道はその赤信号が長く感じられて仕方なかった。それでも信号は待たなければならないので、いつもレースカーになった気分で信号が青になった瞬間に走り出すのがお決まりだった。

横断歩道を渡り、十字路を右に真っ直ぐ進み、スーパーと韓国ショップ、マンションを二つほど通り過ぎた、左手のマンションの六階に僕の家があった。マンションの下はレンタルビデオ店になっていて、エントランスの横はいつも自転車で溢れかえっていた。

「帰ったらすぐウッドランド、帰ったらすぐウッドランド……」

そう唱えながら、自転車をかきわけ、レンタルビデオ店脇のエントランスを進み、エレベーターの三角形のボタンを連打した。

到着したエレベーターに乗り込むと古びた銀色のエレベーターの、そのエレベーターの中でしかしない焦げた渋い匂いを嗅ぎながら、まだかまだかと一から六に上がっていくランプを眺める。すぐに鍵を開けられるようランドセルから青色のカールコードに付いた鍵を取り出してプラプラとさせ、開く扉のギリギリに立ち、到着と同時にエレベーターから飛び出した。

日中は両親がいないので、僕は鍵っ子だった。鍵を開けてもらわなくても、いつでも好きな時間に帰れるのは大人みたいで鍵っ子の自分が好きだった。602と書かれた扉の鍵穴に焦りながら鍵を突き刺し、扉を開け「ただいま！」と言いながらランドセルを玄関に投げ捨て「いってきます！」と言いながら開けた扉が閉まる前に部屋を出た。

僕は、帰ったらすぐ、のすぐを二秒ほどで済まし、今度は逆三角形のボタンを連打し、流れるように一階に降り、小さなマウンテンバイクでウッドランドに向かった。商店街を真っ直ぐ進み、一つ横断歩道を越えた後、商店街左手のマツモトキヨシの奥の路地を進むと右手にウッドランドが出てきた。

ウッドランドは遊具のほとんどが木で出来ていて、その中でも真ん中に大きく置かれた円形の迷路のようなアスレチックは鬼ごっこをするのにもかくれんぼをするのにも良かった。入り口にはすでに十台近く子供用マウンテンバイクが並んでいて、公園の裏側には駄菓子屋があり、河ちゃん、あらけん、せっきー、わたくん、が蛍光色の細いゼリーを啜《すす》りながら屯《たむろ》していた。

河ちゃんはクラスのリーダー的存在で運動神経が良く男女問わずみんなに好かれているいたずらっ子。学年一偉そうだったが、嫌な感じがしない。あらけんは男兄弟家系で、物怖じせず、みんなが怖がっていても「大丈夫っしょ。」となんでも勢いで挑戦するタイプ。特に隣町の学童の横にある公園のブランコを立ち漕ぎしたまま飛び降りて柵を越える大ジャンプをした時にはみんなが驚いて称賛した。せっきーは家がお金持ち。三階建ての一軒家に住んでいて、学年で唯一バイオリンを習っていたが、自慢っ気が強いわりに気弱で、女子に泣かされたところも見たことがある。小狡《こずる》い一面があるのかわからないが、人のポケモンカードを盗んだという噂が立った時もあった。わたくんは、この公園の近くに住んでいて、約束しなくてもここに来れば会える友達。人と連《つる》まなくてもいい雰囲気があって、少しだけ僕らよりませてみえる。藤崎という女子を好きになり告ったらしいが、本人は告ってないと否定し続けていた。そんなみんなの近くに寄っていくと、四人とも駄菓子屋の前のコンクリートの地面を眺めているようだった。

不思議に思い目を落とすと、地面に落ちて粉々になったスナック菓子に蟻《あり》たちが群がっていた。僕らではない誰かが数十分前に落としたスナック菓子が踏まれてこうなったのだと思った。蟻たちは思い思いに、そして必死にスナックの粉に齧《かじ》りつき、巣に運ぼうとしている。我先にというあまりの盲目さに蟻が蟻に飛び乗っているような大混雑に陥っている。

黒々とした蟻たちが必死になっているのを眺めていると確かに面白かった。その蟻観察時間に遅れて到着した僕はふと、きっと今これ踏んづけたらみんな驚くだろうな、と思った。それはみんながすでに作っている空気の中に入りたい、僕が来たぞということを印象付けたいという気持ちもあった。そして間髪を容れずにべん！　と蟻を踏みつけた。

「うわぁ!!」

「おい見てたのに殺すなよやめろ～！」

驚きと笑いの声を上げるみんなの顔をへへっとしながら見ていると、それに続いてあらけんもべんべんべんと踏みつけ、キャッキャッとみんなが笑った。せっきーだけは「可哀想だろ！」と言って少し眉間にしわを寄せていたが、それを煽るようにみんなでおりゃおりゃ！　べんべんべん！　と繰り返して蟻を踏みつけた。頭やお尻が潰れた蟻、まだ辛うじてぴくぴく生きている蟻がスナックと土にめり込んでいた。

「蟻ポテトスナック炒め一丁！」

誰かがそう言った。どこがどうなったら炒めになるのかは誰もわからなかったが、なんだかそんな料理みたいに見えてきて笑った。

「いいこと思いついた！」

急にわたくんがそう言い出し、公園の入り口に向かって走り出した。

今日の遊びが始まる予感を抱いて、全員でわたくんを追いかけた。

「こないだみつけたんだけどあれ知ってる？」

先頭を走っていたわたくんが、止めてあった自転車に乗りながら言った。僕を含めそれを知っている人はいない様子でみんな焦りながら我先に自転車に飛び乗った。

ウッドランドから家が近く、僕らよりもこの地域にくわしいわたくんが新しい何かを発見することは初めてじゃなかった。身長よりも長い木の枝の落ちている場所、松ぼっくりが大量にある場所、三十円で買える肉屋のコロッケ、雨に濡れたエッチな漫画本が落ちていた場所、わたくん発信で知ったスポットは数えきれなかった。

公園から右手に出て、高架下を抜けた先の公民館の横の花壇前で自転車を降りて走り出したわたくんを追いかけると、その奥の木を三本越えて四本目の木の裏で立ち止まった。僕は後ろから二番目にいたが、さらにその後ろのせっきーが「お前らはいいけど俺は蟻殺さないぞ！」と叫んでいる。

「ほら。」

息を切らしたわたくんが何かを指差していた。

「うえっ！」

「おえっ！」

「なにこれきも……」

河ちゃんの声に不快そうな言葉が続いていく。

仲間内に流れる空気が明らかに変わるのがわかった。ついに僕もあらけんの横に付くように木の裏側を覗く。するとそこには口の中にウジ虫が大量に湧いた猫の死骸があった。小さな虫が飛び、目の中にも数匹ウジ虫がいるように見えた。

「うわぁ！」

僕は大声を出して驚いた。

全員でグロテスクなそれを言葉を飲み込んでただじっと見つめる。

「なんか、こわ……」

誰かがぼそりと言った瞬間にゾッとした寒けが背筋を走った。そのまま誰かの「逃げろ！」という声でうわぁぁ！　と全員走って逃げ出した。


動物の死骸を見たのは人生で初めてで、命の終わりを意識したのも初めてだった。あまりに生々しく、避けられないほど醜く、気持ち悪い姿だった。それは、見てはいけないもの、だった。しかしなぜかそれと同時に、また見たいもの、でもあった。怖いもの見たさなのか、ダメと言われれば余計にやりたくなるような、恐怖の中に少しの好奇心が残った。あの衝撃をもう一度感じたい。まだあの猫の死骸を知らない誰かに見せて驚かせたい。そんな気持ちも残っていた。でもそれは、やっぱり見てはいけなく、そして、馬鹿にすれば呪われてしまうような、得体の知れない恐ろしいものでもあった。僕らにとって見たことのないものを見ることは快感なんだとも思った。ビリビリッと目の奥に残っている、あの猫の姿が焼き付いて離れなかった。

想像を超える現実の生々しさはウブな僕らの胸を良い意味でも悪い意味でも高鳴らせた。見てはいけないものを、見たいし見たくないのは、逆らえない人間の性《さが》なのかも知れない。煙草をやめたい人が、本当はもう吸いたくない、吸ってはならないのに、吸いたいし、吸いたくない、と行ったり来たりするのは依存症という病気だ。それと同じく、百害あって一利なくとも、知った！　や見た！　という快感を一度でも味わった僕たちは、初めて見るものや普段見られないものを目の前にした時、それがどれだけ気持ち悪く縁起の悪そうなものであっても、無意識に好奇心が抑えられなくなってしまうものなのだと思った。

僕らは知った！　や見た！　で得る快感の依存症だ。治らない病気なのだ。小学校に上がる前に母と行ったレンタルビデオ店で、一人でアダルトコーナーに入った時もこんな気持ちだった。あの時も、見てはいけないんじゃないか？　という直感の中で、もっと見ていたいと思っていた。しかし全裸で真顔の女の人たち、苦痛を感じているような表情の女の人たちは怖くみえ、恐ろしくも感じた。その姿を母に見つかり、怒られた時に、やっぱり見ちゃいけなかったんだと思ったし、恥ずかしい気持ちもあった。例えば、最愛の恋人が他の異性とキスしていたらどうだろう。見たくないが、見てしまうのではないだろうか。一度目を逸らしても、またその姿を確認してしまうのではないだろうか。見た結果どれだけ傷つこうが、反射的に目の前に訪れた光景から逃げられないのではないだろうか。その後どんなトラウマになろうが、傷つくことからは逃げたとしても、知ることからは逃げられないのではないのだろうか。本当はあれもこれも、近づかなくてもいいから、遠くから覗くくらいでもいいから、理解できるまで、詳細に、細部まで見てみたいと思っているのではないのだろうか。

そしてウッドランドに逃げ帰ってきた僕らは肩で呼吸しながら、ビビった、ビビらなかったと話し、全員が興奮していた。駄菓子屋に戻り、買ったブタメンを麺がふやけるまで待ちながらふと目をやると、さっき踏み潰した蟻スナック炒めの上に別の蟻が集まっていた。

とはいっても、猫の死骸を初めて見たこと、それは僕の人生にとってほんの些細なことだった。僕の心が公園の砂場だとすれば、水が少し垂れた、くらいのことで大したことではなかった。砂にぎゅっと吸収されただけで、花が咲くことも、水たまりができることもなかった。鉛筆で想像したモンスターは倒してもウジ虫は湧かず、死体は腐らず、ただ両目を×マークにして倒れていた。

出会うもの一つ一つそのどれもが心の砂場に集まって、日々少しずつ知ったことがただ増えていく。僕は僕の人生に影響があろうがなかろうが、日々少しずつ知っていることを増やしていく、ひたすらに知ったことを砂場に投げ込むしかなかった。自主的にも、強制的にも、無意識にも、やっぱり知ることからは逃げられなかった。一度知ってしまえば、知らないには戻れず、意識的に忘れることは難しかった。逆に言えば、知った、が、覚えている、になった時、その記憶や知識は出して使えるものになった。九九やローマ字、そろばんの使い方は覚えさせられたこと。アニメのキャラクターやプロ野球選手の名前、漫画の結末やゲームのクリアの仕方は覚えたこと。覚えたことも覚えさせられたこともどちらにしてもそれは僕の記憶や知識になって、やっぱり知ってしまうことには逆らえなかった。そしてそれに逆らいたいわけでもなかった。知ってしまうということに対して特になんとも思っていなかった。もっと毎日遊びたい。もっと色んなゲームが欲しい。もっと駄菓子もブタメンもハンバーガーもクレープも食べたい。好きな時に嫌いになるまでジュースを飲みたい。勉強やテスト、宿題はやりたくない。もっと遅くまで起きていたい。朝は起きたくない。そんなことばかりで、知りたい、知りたくない、そんなことを考えたことはなかった。そしてそれは僕が見ている世界のことだけではなかった。

学年が一つ上がるたび、僕は僕自身についても知ることになった。

ある年の冬。僕らはいつもより家から遠い公園で野球をしていた。十七時になり、夕焼け小焼けが街中に鳴り響いた。当たり前だが僕らには門限があった。その時間はそれぞれの家によって違ったが、門限はこの歳の子供たちの中ではかなり強い拘束力を持っていた。それを守るのが当たり前のことだった。

夕焼け小焼けが鳴る前に家に着いていなければならない家、夕焼け小焼けから十分後の家、夕焼け小焼けで遊びをやめて家路に就けばいい家、ルールはたくさんあったがこの夕焼け小焼けの合図が僕らの目安であることに違いはなかった。そんな中、僕の家は夕焼け小焼けが鳴ったあとそんなに遅くならなければ良い、という曖昧なルールになっていた。

この日もいつも通り夕焼け小焼けが鳴った。辺りが少しずつ暗くなってボールがうっすら見えにくくなっていたが、どうしてもキリが悪く、残れる人だけ残ってまだ遊ぶことにした。キリがいいところまで終わった頃には十七時半を過ぎていて、じゃあねという頃には集まっていた友達は半分以下になっていた。

「急げ！」

もう真っ暗になっていた団地の間を急いで自転車で通り抜けていく。家の方向が同じあらけんとさとしと三人で家路を急いでいた。

するとどこからか焼き芋屋さんのトラックの音が聞こえてきた。

「焼き芋だ！」

「近いかな？」

「十八時までに帰れば大丈夫だよね？」

僕らは顔を見合わせて、焼き芋トラックとの遭遇に胸を躍らせた。

この冬の季節は十七時に夕焼け小焼けが鳴るが、夏場は十八時に鳴るため、門限が曖昧な僕らには十七時半でもそんなに強い罪悪感はなく、ここまでくればもうちょっと遅れても同じじゃない？　というような気持ちまであった。しかしこの季節に十八時に帰ることはなかなかのチャレンジでもあった。きっとどう説明しても少し叱られそうな気がした。僕が今まで門限を破ってしまった時の経験からすると、母ならなんだかんだ許してくれるが、もし父が先に帰っていて見つかったらちゃんと叱られるかもな……という絶妙な時間だった。

「ごめん、俺怒られるから帰る！　じゃあね！」

さとしは門限の限界を悟り急いで帰って行った。きっとそれが正解だったが、残ったあらけんと僕はとうに芋の誘惑に負けていた。

「……焼き芋半分こにしてマッハで食べて帰ろ！」

さらに門限を破ることにした僕らは「いしや〜きいも、おいも、あったかいおいも〜」という声のした方に立ち漕ぎで向かっていく。その音がずっと鳴り続ければトラックもすぐに見つかるのだが、焼き芋屋さんも芋を売る時にはその音を止めてしまうため、簡単には見つけられないでいた。

この道じゃないなら……、とぐるぐる声のした方を回っていると、薄暗くなった路地で赤い看板と温かいライトを灯したトラックが止まっていた。焼き芋を逃すな！　とペダルを全力で漕ぎ、焼き芋屋さんに近づく。するとそこにさっき帰ったはずのさとしが立っていることに気がついた。

さとしは自転車から降り、誰かと話している。確かにさっき分かれた道から考えればこの路地はさとしの家の帰り道の途中でもあった。

「あれあいつ？　帰ったんじゃないの？」

「やっぱり食べたかったんじゃん？」

何の気なしに近づくと、さとしは学ラン姿の二人組に話しかけられているようだった。暗くてその二人組の顔ははっきりとは見えなかった。

「あれ？　仲間きた？」

「どうする？」

その二人組がこっちに気がついたような話し声が聞こえた。さとしは下を向いて黙っている。

状況はわからなかったが、僕らはどこか様子のおかしいさとしに近づき自転車を止めた。

「お前ら小学生？」と二人組が距離を詰めてくる。僕らは突然のことに緊張して何も言えずに三人並んで黙ってしまう。

「誰も電気つけてねーじゃん。」

「電気つけねーで走ってるからぶつかりそうだったんだよ。」

二人組はぐいっと僕らに詰め寄ってくる。

確かに僕らは三人とも電気をつけないまま自転車を走らせていた。きっとそのせいで急いで帰ろうとしていたさとしがこの二人とぶつかりそうになったのだと僕は思った。

「どうすんだよ。」

さとしがさらに詰められる。なんとなく事情は察したが、僕はそんなことよりも、焼き芋を買ってマッハで食べて帰る、じゃないと両親に叱られる、という二つがはっきりと頭の中にあった。怒られてるのはわかったけどそれどころじゃない、そんな吹っきれた気持ちが僕の中にはあった。

「何があったんですか？　さとしと友達ですか？　みんなで焼き芋買いたいんですけど。」

目の前に悪者が現れたような状況に変な正義感も芽生え、僕は何も考えずにさとしに詰め寄る二人組に言った。すると二人がこっちを振り向き眉間にシワを寄せた。

「あ？　豚は黙ってろ。豚。」

豚？　なんのことかわからなかった。

こちらを振り向いた一人があらけんの顔を見た。

「あれ、お前亮介《りょうすけ》の弟？」

あらけんはピリッとした顔のまま小さく頷いた。すると二人は「あぁ〜。」と納得したように顔を見合わせた。

「俺ら亮介と同じ学校なんだよ。」

「じゃあもう帰っていいよ。」

そう言って顎《あご》で僕らに、行け、と合図した。

ふと見るとさとしは泣いていた。そのさとしの泣き顔を見た途端に、年上の人に絡まれたんだ、危なかったんだ、と急に実感が湧いてきて、僕も同じように泣いてしまった。

「あーあ、豚も泣いてんじゃん。」

「お前ら誰かにチクったらわかってるよな。」

そして僕らは泣きながら自転車の電気をつけ焼き芋屋さんの前を通り、逃げ帰った。さとしとはじゃあねも言わずに逆方向に別れ、あらけんとも何も話さず十字路で別れた。

家に帰ると、その安堵感からかまた涙が出てきた。父はすでに帰ってきていたが、僕の泣き顔を見て事情を聞くと強く叱ったりしなかった。なんなら二人ともすごく心配してくれていた。最後は、早めに帰ってこないからこうなるんだぞ、と諭された。

泣きながらパニックになっていたが、家に帰る道中も、エレベーターの中も、家に着いてからも、少し気持ちが落ち着いてからも僕は頭の中である同じことを考えていた。玄関で泣きながら、母の作った夕飯を食べながら、テレビを眺めながら、お風呂に入りながら、鏡に映った自分を見ながら、布団に入り目を瞑りながら、僕はあの二人組に言われた言葉を何度も繰り返していた。

「あ？　豚は黙ってろ。豚。」

確かに僕は周りに比べて少し太っていた。でも豚と言われるほど太っている自覚はなかった。なんなら学年一の巨漢男子、上野に比べれば全然痩せていたし、僕らより背が高くて太っていた野宮をみんなで「デブ巨人来たぞ！」といじり逃げ回っていた。僕のジャンルはデブではないはずだった。あいつらとは違う、と信じて疑ったことはなかった。ましてや、野球をやっていて、明るくて、クラスでも目立つグループにいた自分が豚なはずはなかった。

しかし、現実の鏡の前の自分を豚じゃないと笑い飛ばせなかった。あの時豚と呼ばれただけ、と思っても終われなかった。

信じたくはないが、自分を改めて見つめ直せば、確かに豚なのかもしれなかった。どんなアニメや漫画のキャラクターとも、ゲームの主人公とも、天才てれびくんの男の子たちとも、同じクラスの彼とも彼とも、別のクラスの彼とも彼とも、僕は違っていた。考えれば、誰とも同じではなかった。思い返せば自分の容姿を髪が短い、長い、以外で判断したことがなかった。

母が再婚し、何不自由なく過ごしてきたこの数年間で僕は確かにかなり太っていた。日中両親がいない分、たまに置いてあるお小遣いはほぼ、お菓子、甘いジュース、コンビニの買い食いで使っており、僕はそれらを制限したことがなかった。二重顎、パンパンに出たお腹、太い太腿、そして少年野球をやっていたための短髪、目が悪いからかけていた眼鏡、周りから見れば豚で間違いないんじゃないか？　どうして豚じゃないと否定できるんだ？　という見た目だった。

こうして僕は初めて自分の容姿を自覚した。僕が何かを見ている間、僕もまた誰かに見られていることを知った日だった。翌朝、泣きすぎて目が腫れた自分はもっと太って見えた。

それから他者の評価はみるみる僕の心や身体《からだ》を蝕《むしば》んだ。たとえやりたいことでも、みんなと違うことをみんなの前ですることはタブーに感じていた。みんなが笑ってくれるなら、汚れ役も買って出たし、多数派につけるなら誰か一人を無下にしてもよかった。輪から外れてしまうことは思い描く自分からの脱落であったし、他者からの通知表で優等生を勝ち取ること以外では自分を表現することができなくなっていった。他者からの評価の中でも、異性からの評価は僕の自己肯定感をいとも簡単に上げ下げした。

中学生になるとわかりやすく自分がどのくらいの評価を受けているか、気持ちを寄せてくれる人がいるのかを知るきっかけになるバレンタインデーというイベントが盛んになった。

朝から女子同士がチョコをあげ合うのを横目で見ながら、僕ら男子は「もしかしたら今日……」とそわそわしていた。

授業が終わる度「何組の誰々の机の中にチョコ入ってたらしいぞ！」「手紙で放課後呼び出されたらしい……」などの噂がたちまちに広がり、自分たちは貰ってもいないのに人のチョコの話で僕らは浮き足立っていた。彼女のいない、貰える当てもない僕もその噂話に群がり、その体験を自分に置き換えて想像してはドキドキしていた。

中学生になった僕は野球部に入り日々扱《しご》かれ、身長が伸びるのと同時に少しずつ痩せていっていたが、豚と自覚してしまったコンプレックスは相変わらず付きまとい、自分に期待することはあまりなかった。

昼休み、放課後、と何も起こらず、机の中にも、下駄箱の中にも、それらしいものは一つも入っていなかった。こういう何も起こらない、という事実がさらに「自分は特別な人間ではない。」と僕に教えてくれているようだった。起こるからわかることもたくさんあったが、その分起こらないことで知ることもあった。

野球部の室内練習が終わり、辺りは随分暗くなっていた。昨晩降った雪が凍っていて足音はじゃりじゃりと鳴っていた。

友達と別れて、じゃりじゃりとした雪道の足元を見ながら進んでいく。帰ってコーラ飲んで、携帯いじって、夕飯食べて、それで……というなんでもなさすぎる今夜の予定を考えていると「ねぇ！」「ねぇ！」と後ろから呼ばれていることに気がついた。振り返ると同じクラスの斎藤という女の子が小走りでこっちに向かってきているのが見えた。

「やっと一人になったから……これ！」

そう言って渡されたのは小さな紙袋だった。

「え？　何これ。」

バレンタインデーに女子から紙袋、中身絶対お菓子、それ以外考えられない、と確信していたが、僕は恥ずかしいし、照れてしまうし、こんな経験ないしでかなりスカした態度でそれを受け取った。

「手紙入ってるから！」

語気を強めて言い、斎藤はまた小走りで帰っていった。

斎藤の後ろ姿を見ながら、ゆっくりと実感していく。雪の残る帰り道で背中にじんわり汗をかいているのがわかった。自分には関係ないイベント、自分には訪れない特別を右手に持っている。それは当然何もない荒野に緑が戻り、川が流れ、花が咲き、心が満たされていくような感覚であり、街に人々が集まり、オーケストラが鳴り、僕だけを祝ってくれているパレードが始まったような興奮と高揚感もあった。

斎藤に特別な気持ちを持ったことはなかった。どちらかと言えばさばさばしている彼女が自分を特別に想っているとも思ったことはなかった。でもたった数十秒のその体験で僕の心はみるみるみずみずしく躍るように軽くなった。

僕は僕であっていい、僕は僕のままでいい、そう教えてくれるのは僕ではなく、周りの誰かなんだと教えてもらうような経験でもあった。僕の印象は僕以外の人が作るもので、僕がいくら自分が赤色だと言ったところで、周り全員から青だと言われれば青になってしまうものだとも思った。いくら自分が最低な人間だと思い続けても、周りが、そんなところも良いところだよ、と言い続けてくれればそうなれるのではないか。

逆に言えば、どんなに素晴らしいものと思っていても、周り全員に否定され続ければ、自分の素晴らしさを信じられなくなるかも知れない。もっと言えば、周り全員に無視され続ければ、僕はいないのと同じになってしまうのかも知れない。電車の中で奇声を上げるおじさんや街中でおかしな行動を取り続けるあの変な人たちも、SNSで匿名で辛辣《しんらつ》な言葉を発信し続けるあの人たちも、もしかしたら周りに「ここにいるよ。」と伝えたいだけなのかも知れない。人が自分を作り、自分が人を作る。お互いに教え合い、確認し合わなければ、自分すら見失ってしまうほど、僕らは脆《もろ》いのかも知れない。

兎《と》にも角にも、実際に自分に起きた異性からのアプローチは、一人鉛筆で遊んでいる時には体験できない、身体中から湧き上がる興奮を教えてくれた。そしてそれは無意識に自分の自信になり、さらにそれを欲するようになった。これは僕を肯定し、僕の自信になるような経験だったが、さらに他者に依存していく経験でもあった。誰かに想われることは他の何かに代えがたい強い快感でもあった。

家に着き、母に見つからないように自分の部屋に駆け込み、袋を開けると、手作りのガトーショコラと手紙が入っていた。手紙にはいつも呼び捨てにされていた僕の名前に「くん」が付いており、拙《つたな》い丸文字で気持ちが綴られていた。

僕はその日から坊主頭で一丁前にファッション誌を眺め、新発売のヘアワックスの知識を蓄えるくらい浮き足立った。

「いや、一人で帰るから。」

「なんでだよー。」

鈴木と山内は少し気味の悪いものでも見ているかのような顔で言った。僕は二人を振り払うようにイヤホンで耳をぎゅうと塞ぎ、教室を出ていった。

高校に入ってから、機嫌の悪い日が増えた。いきなり大雨が降り出す山の中のように、足元はぬかるみ、風が強く、手のつけられない機嫌の日があった。降りかかる物事が急に心を逆撫でして、とにかくイライラする日があった。

そんな時、僕はなんでもいいから一人になりたかった。以前とは真逆で、誰にも俺のことを理解できるはずがない、俺はお前らとは違う、そんな冷たくてピリピリした気持ちでいた。時にそんな近づくなオーラを出していたせいで、友達全員から「さん」付けで呼ばれていたし、露骨に距離をとられていたが、それで良いと思えるくらい僕は周りを警戒していた。

小中学校では三枚目に徹し、友達を笑わせるのが好きだった。わざと寝癖を直さずに登校したり、お笑い係としてネタを作り給食の時間にやってみせたり、生徒会、委員長、実行委員など、目立てるようなことは率先してやっていた。みんなが笑ってくれるコツをわかっていたし、ボケにもツッコミにもなり、とにかく三枚目に徹していた。そこが僕の居場所であったし、はみ出しすぎずにみんなに認識されることが僕の快感でもあった。

そんな明るい性格だった僕がどうしてこうなったのか。その理由は入学当初にあった。

商業高校に入学した僕はゆっくりゆっくり思春期の色を濃くしていた。

学年の七十五％が女子の高校で、中学校の頃とは明らかに違う環境だった。ほとんどが知らない生徒の中、初々しく入学した生徒たち全員がどう立ち振る舞うかお互いの様子を窺《うかが》っていた頃、それは訪れた。

入学して三日ほど経った午前中の休み時間。隣のクラスに、元々同じ中学だった関谷という女の子がいた。関谷は明るいタイプではなく、普段から仲が良いというわけではなかったが、塾が一緒ということもあり、学校では仲良くないけど、放課後に会えば友達だよね程度の距離感でいた。

その日、廊下から隣のクラスを覗くと、関谷が窓際に座っているのが見えた。中学では学校で話せなかったけど高校に入ったし……しかもあいつまた一人でボーッとしてんな……と思い、何の気なしにガラガラと扉を開けて隣の教室に入りながら大声で名前を呼んだ。

「関谷ー！」

すると、途端に教室の空気が変わったのがわかった。

教室にいた全員がピタッと静まりかえり、こちらに意識を向けている。そこで自分が異質なものとして教室に侵入してしまったことはわかった。嫌な雰囲気は察していたが、戻るに戻れない僕はそのまま関谷に近づいた。

「久しぶり。四組はどんな感じ？」

僕が話す声にみんなが聞き耳を立てているのがわかり、関谷もそれを察していてすごく困った顔をしていた。

自意識過剰かも知れないが、どう教室から出たらいいかもわからないくらい痛い視線が身体中に突き刺さっているように感じた。なかなか返答しない関谷に、耐えられない、このままではいけない、と僕は明るさと気軽さで何とかしようと関谷の後ろの席に固まっていた女子三人に話しかけた。

「四組でしょ？　どこ中？」

するとロには出さないもののまさに「はぁ？」と言った表情の女子三人が互いに顔を見合わせてこそこそと話し出した。見事に無視された僕は思わず「えっ、無視されたんだけど。」と言葉にする。

それでも無視されたままの僕を周りの生徒たちも意識して見ているのがわかった。そんな僕の目の前でまだ関谷も黙っている。この場を収めることも、逃げ出すこともできないまま、立ち尽くしているとちょうどチャイムが鳴り、廊下にいた生徒たちが教室に入ってきた。その中に中学時代の友達の男子も数人いて「お？　何してんの？」と大きく声をかけてくれた。苦し紛れに「ちょっと見にきた！」と返答し、そのまま駆け足で教室を出た。そして、それから何日か後、僕はみんなから「チャラいやつ」と呼ばれていることを友達から聞いた。

ショックだった。入学早々、チャラい、軽い、みんなと違う恥ずかしい存在、になってしまったことがすごく辛かった。味方だと思っていた同じ中学の男子たちまで、見事に女子たちに飲み込まれてこそこそ笑っていた。全員に裏切られた気分だった。みんながすごく遠く感じて、自分が間違ったんだと思った。僕はそこでふん反り返ることも、持ち前だった明るさでごまかすこともなく、もうこれ以上触らないでください、僕はもうみんなに関わりません、と心の二枚貝をゆっくりと閉じた。

きっと僕も今まで誰かにこういうことをしてきた。多数派につき誰かを下げてでも自分の立場を守ってきた。その当然の報いであり、バチが当たったのだ。結局僕は誰かの人生に生きていて、自分がない。誰かの中で違和感がなければ安心して、自分の生き方の違和感には気がつかない。

それが思春期であり、多感な僕の新しい気づきだった。僕に生まれたまた新しい自我だった。そしてそんな新しい自我に気がついていくのはきっと僕だけではなかった。年齢を重ねれば重ねるほど、僕以外にもそれぞれに新しい自我が生まれていた。

ちゃらんぽらんだった河ちゃんが野球だけは真剣に頑張り続けていること。朝黒板に「高坂、死ね」と教師への恨みを殴り書きしていたその犯人がタナだったこと。コンビニの前に溜まるバイク集団の中にあらけんがいること。全然会わなくなったわたくんがみんなが知っているような進学校に受かったこと。せっきーが万引きで捕まったと噂が広まって学校に来なくなったこと。さとしが会う度に彼女の性器に拳を入れたみたいな下世話な話をしてくるようになったこと。それぞれの人生をそれぞれが歩み、新しい自分を見つけていくことは当たり前だった。

その中で僕が新しく見つけたのが、傷つけられるのが怖いから一人でいます、これだった。僕を傷つけるのも人だったが、僕の傷を治すのも人だった。僕を救うのも、突き落とすのも、人だった。だからこそ、優しくされると嬉しい反面、ここで裏切られたらもっと傷ついてしまう、立ち直れなくなってしまう、だからもう一人でいよう、でも寂しい、本当は手放しでみんなと遊びたい、それが終わったら一人で音楽も聴きたい、考えれば考えるほど、僕には他者が必要であり、一人の時間が必要できっとそのバランスを覚えるための出来事だったが、多感で繊細だった心はもう傷つくことが怖くて仕方なくなった。

「将来、何になりたいの?」と幼少期からずっとずっと聞かれてきた。どうして必ずとばかりにそう聞いてくるのだろう。何が知りたいんだろう。会話を続けるためだけになんとなく聞いてきているのだろうか。大人たちは少しだけにやにやして僕らに将来を問うてくる。僕はこの質問の答えがわからなかった。幼い頃はただ「プロ野球選手。」と答えていた。周りのみんなもそうだったからなんとなくそう言っていたが、いつかプロ野球選手になれると思ったことは一度もなかった。野球を始めた瞬間から自分より上手な友達がいて、河川敷に試合をしに行けば、その友達より上手な人がいた。

僕は特別ではないのだろう、という察しはすぐについた。何かをやって一番になった、という経験がなかった。かといって、誰よりもできないこともなかった。「プロ野球選手。」と言っておけば大人たちとの会話も丸く収まることを知っていた。

そして時が経ち、絶対になれないと思っていたプロ野球選手に僕はやっぱりなれなかった。高校ではもう野球部にも入らなかった。大人たちの質問も「高校出たらどうするの?」とすぐそこの未来の話になっていった。高校出たらどうするって言われてもわからなかった。決めてくれるなら決めてくれて良かった。いくつの時こうして、ここで就職、この後に結婚して、ここで退職、こんな感じでどうですか？　と提案して欲しかった。やりたいことがないなら大学に行けば？　みたいな言葉もなんか胡散臭かった。それで、大学行ってその後どうすんの？と思っていた。自分で決められない癖に、人の意見には突っかかりたかった。蟻を踏んで喜んで、猫の死骸に興奮していた僕はもういなかった。豚と呼ばれたくなくて痩せた僕が、誰からも傷つけられてたまるかと、街を睨みつけていた。

あの頃、鉛筆がバットになって毎日ホームランを打っていた。想像の中だったら何にだってなれた。でも現実では何にもなれなかった。嘘でも栄えていると言えない町で、どこにも行けずにいた。

プロ野球選手のバット、ピッチャーの腕、勇者の剣、ハンターの弓、ケンタウロスの槍、スナイパーのライフル、新幹線より速いレース用の新幹線、空飛ぶサーフボード。頭の中にあっても、頭の中にあるだけだった。人に見せた瞬間から現実は動きだし、頭の中だけで終わらせていれば、勿論、現実は何も変わらなかった。

授業参観の日に絵を描いて友達に下手だと言われた途端に涙が出た。給食の時間良かれと思いみんなに話しかけていたら「唾が飛んで汚い。」と言われて黙り込んだ。髪を切った翌日の朝に「猿みたい。」と言われて傷ついて早退した。全部が今の僕を作った。

弁論大会のクラスの代表に選ばれた。初めて試合でランニングホームランを打った。週刊漫画雑誌のプレゼントが当たった。サンタが親だってはっきりわかった日があった。全部が今の僕を作った。

駐車場で瓶を割りまくって通報された。あいつめんどくさいから置いて行こうぜとある友達を省いて遊びに出かけた。自転車を盗んだけど怖くなって元の場所に返した。殴られたあと殴り返した。全部が僕を作った。

あんなに甘えていた母と毎晩喧嘩した。父が二人いた。幼少期の写真をかくれてよく見ていた。全部が僕を作った。

生まれて初めて本命のチョコを貰った。夜の無人駅で告白した。帰り道に手を繋いだ。初めてセックスしたあとココスでドリアを食べた。全部が僕を作った。朝日が昇って沈み、また朝日が昇り沈む。起きている時間から眠っている時間まで、全てが僕を作った。

その僕を見て、誰かが僕から受けた印象を僕に話し、初めて僕はこんな人間なんだと知った。人を通して初めて僕は僕を知った。自分で作り、人に教わる。これ以外で僕は僕を知ることはなかった。

この先、僕がどうなり、どうしていくのかは、誰にもわからなかった。それはこの先は、訪れるものじゃなく、作り教わるものだからだった。人に流されても、強制的にやらされても、結果そこで人生を創作するのは自分だった。

鉛筆で作り続けたイメージ、実は個人的なものではなくなるかもしれなかった。個人的な感想が、人をそういう人だと思わせてしまうように、個人的なものほど誰かのものになりやすかったりした。大衆に向けた言葉より、個人に向けた言葉の方が、大衆に届いてしまう瞬間があった。

卒業式の二週間前、僕は大学へ行くことをやめて、フリーターになることを決めた。進学就職率九十九％の高校の一％になった。みんなと同じも、みんなと違うも、どちらも同じだと気がついたからだ。最後のホームルーム、僕はシャーペンで遊んでいた。

一回表、僕の人生一打逆転のチャンスに、僕の心の球場は異様な静けさに包まれていた。熱の入った管楽器の音、破れんばかりに叩かれる大太鼓の音など響かず、少しの友人と学生時代の恋人、そして両親が遠くで見守っていた。

初めてバットのグリップにスプレーを吹きかけ、一塁側のベンチを振り返る。過去の自分たちがこちらを心配そうに見つめている。僕は鼻からグゥッと息を吸い込み、目を瞑ったまま上を見上げると、いつも目覚ましに設定していた曲が鳴り、朝日の中、打席に立った。

高卒のどこにでもいるようなフリーターだった。タイムカードに書かれた「椎木」の文字にもいつか慣れるだろう。期待されればされるほど力んでしまうし、歓声が湧けば湧くほどあがってしまう。追い込まれれば追い込まれるほど、悪い方向に物事を考えてしまい全部辞めてしまえ！　と投げ出したくなる。それでも僕はきっと勝負強いはずだ。どこの誰にも「フリーターになってどうすんの。なんか勘違いしてない？」と言われていた。

これからの不安が帽子を被り直し、キャッチャーのサインを見つめている。

そして注目の初球。外角少し高め、渾身とも言える力強いストレートを思い切り振り切った。球

ボールはバットの上をかすめ、バックネットにファールボールとなって飛び込んでいった。

速はわからなかった。それと同時に球場内には「大丈夫か……」と心配したため息が起こった。レフトスタンドの後悔や不満、あてもない将来たちが強い声を上げ、どうせ何もできないだろうとこちらを見つめている。

その後は、安定しろ、就職しろだの……と続き、スイングできないままカウントはツーツーになった。球場全体が一球一球に飽きていき、もう期待しないよと諦めている、その時だった。僕のこめかみを右から左に流れるように「きっと大丈夫。」と直感的に感じた。ざわめいていた心は落ち着き、次の一球、ピッチャーの投球モーションからこのあと起こる全てがわかった。

不安が指を離れ真っ直ぐにこちらに向かってくる。その全てがスローに感じ、ゆっくりと目の前に向かってくる不安をフルスイングで振り切った。

どうなるかわからなかった。でも僕は僕の思うように生きたかった。勿論、大人になっても鉛筆で遊びながら想像していた物語のようなことは起こらなかった。

きっとこれからも想像もできなかったことが起こり続けるのだろう。だからこそ今想像している不安も必ず襲ってくるとは思えない。想像を超えてくるのなら、いつだって前向きにいたらいい。男だからって男らしさもいらない。誰かが見つけた僕の僕らしさもいらない。いつだって一回表から始めていい。急に九回裏にいたっていい。いつまでも自由にやり直していい。いつだ頑張ってもいい。休んでもいい。続けてもいい。諦めてもいい。想像をやめない覚悟だけがあればいい。僕はこの現実という名のノートの上で、僕自身という鉛筆で遊んでいればいい。その物語が人生だ。先生に遊んでいたのが見つかっても、懲りずにまた次の授業で続きをやろう。この鉛筆が使えなくなるまで。

ウィーウァームス

金原ひとみ

便座に腰掛けた瞬間、足元に落ちている毛が十五本ほど目に入って鼻根の辺りに力が入る。私は脱毛をしているし、髪は茶色いため、ほぼ彼のものに違いない。昨日掃除機をかけたばかりなのに、ここで髪を掻き毟《むし》ったりしているのだろうか。最近彼の全てが許せない。便座を上げて排尿することも、便座や蓋を閉めないことも、洗面台に落ちた髭のカスも、彼が使ったあと大抵洗面台にこびりついてる歯磨き粉の塊も、水道の蛇口の締めが甘くしょっちゅう水を出しっぱなしにするところも、こぼした水やジュースを拭かないところも、あらゆる棚という棚の扉を閉じないところも、大きな音を立ててドアの開け閉めをするところも、探し物をする時あちこちをひっくり返して元に戻さないところも、私が注意したことを全て忘れる記憶力のなさも、彼が通った後に残る臭いも、気配も、彼から落ちた毛も皮膚片も爪の切れ端も許せない。彼の全てが神経を逆撫でしこの身体を戦慄《わなな》かせる。

便座に座ったままトイレットペーパーをくるくる巻き取って床に落ちた毛をまとめてつまみとり、足の間から便器の中に落とし、股を拭くとレバーを上げてトイレを出た。私はあと何回彼のこぼしたものを拭き、床にこぼれた彼の尿を拭き、彼の頭髪体毛皮膚片を掃除機で吸い取り、彼の乱したものを片付けなければならないのだろう。絶望的な気持ちで呆然と立ち尽くし、リビングを照らす小さい照明をぼんやりと見つめる。彼の欠点を補えるのが嬉しい、かつてそんな風に感じていた彼のあれこれに、今はもう嫌悪と疲弊しか感じない。つい二年くらい前までは、恋愛感情は抜きにしても、ある程度好意的な感情を持っていたはずだ。この二年で彼は、デリカシーのない、無神経で粗暴で自分勝手で人の意見に耳を傾けることのできない傍若無人な男になった。彼自身は変わらないまま、変貌を遂げたのだ。


貝刺身五点盛りをつつきながら、琴奈は唸り声を上げる。

「なんだっけこれミル貝だっけ、めちゃくちゃぷりぷり。こっちも美味しかったよ赤貝。これはなんだっけ？」

「青柳。私青柳大好きなんだよね。最後余裕あったら青柳の刺身単品で頼みたい」

そこまでー？　と言いながら青柳を食べた琴奈はほんとだ何これあまーい！　と声を上げる。お通しのつぶ貝煮物をほじくり口に運ぶと、薄い醤油の味付けにつぶ貝のえぐみが溶け出し、濃厚さにため息が零れる。貝専門店に誘った時はちょっとニッチすぎるかなと思ったけれど、やっぱりここにして良かった。

「貝って、まあホタテとか牡蠣とかでたまに大きいのはあるけど、少しずつ色々食べれるのがいいよね」

「貝って意外と個性強いし食べ比べられるのありがたいよね。えで、さっきの旦那が許せないって話は？」

刺身が出されたタイミングで中断した話題を、琴奈が蒸し返す。右隣に並んで座る四つ歳上の彼女を見つめながら、私たちは少しずつ歳を重ねているんだなと実感する。琴奈は前回会った時よりも、肌のハリが少し損なわれ、頬が前よりも重力に従順に、ほうれい線がうっすらくぼんでいる。前に会ってから、一年、いや、一年半くらいだろうか。コロナで会う機会が減ったせいで、私たちは互いの老化に敏感にならざるを得ない。

「まあ、細かいことを言い始めるとキリがない。鍵をかけてとか、使ったら戻してとか、汚したら拭いてとか、こうしてくれって言ってることがほぼできない。浮気相手がいるみたいなこと匂わせてくるくせに別に真剣なあれじゃないとか言って離婚には応じない。食べ方が汚い。酔うと絡む。人に言われたことをほぼ百パーセント忘れる」

「でもさ、あんたの旦那ってずっとそういう人だったよね？　なんで急に許せなくなったの？」

私もそれが不思議だったんだけど、言いながら生牡蠣をつるりと口に入れる。ポークチャップを食べる時にそれまでポークチャップを食べてきた記憶が蘇ったり、親子丼を食べる時にそれまで親子丼を食べてきた記憶が蘇ったりはしないのに、生牡蠣を食べる時はそれまで生牡蠣を食べてきたシチュエーションや一緒に食べた人、その時の会話なんかが蘇ってノスタルジックな気分になるのが不思議だ。食べる頻度の問題かもしれないが、牡蠣は私にとって多かれ少なかれ特別な食べ物なのだろう。多分なんだけど、と言いながら、琴奈にこの話をして良いものだろうかと少し悩む。

「時代が変わったから、なんじゃないかと思って」

ここ二年くらいで、私は旦那のことが許せなくなっていった。恋人がいるから。恋人が旦那とは真逆な人だから。旦那にも別に女性がいるから。それらもあるはずだ。しかしこの許せなさはもっと違う。地球が揺れて、地の底から掘り返されて天地がひっくり返ったような、そんな許せるから許せないへのひっくり返り方だった。

「時代……」

「ちょっと前までは、時代的に許容される範囲が違った。つまり時代と共に私も含めて人々は変化してて、許せるがだんだん許せないに近づいていって、とうとうひっくり返って許せない、になったみたいな」

「つまり、時代が変わってブラック企業とか体罰が許されなくなったみたいな、ってこと？」

「もちろんそれだけじゃないとは思うよ。いろんなことが作用してるとは思う。でも今思い出すと、なんで私はあんなことを許せたんだろうって不思議なことがたくさんあって、今だったら警察に駆け込んでたようなことだってあったわけで、でも当時は時代が許容してたし、私も彼が好きだったし、心の中で引っかかってはいたけど、許せた」

「あー、確かに私も中学生の頃、大学生と付き合ってたことがあったんだよね。普通の恋愛って自分は思ってたけど、現代で我が子がって考えたら通報考えるね」

「私も中学生の頃十くらい歳上の男と付き合ってて、なんか無邪気にカーセックスとか青姦とかしてたんだけど、今そんな話聞いたらゾッとするよね」

昔はほとんどの国で親が結婚を決めていて、日本ではその後お見合いになり、今は先進国では恋愛結婚が主流ということでしかなく、現代に於いても国や宗教が違えばその意味も重さも全く違う。恋愛もセックスも時代と環境によって全く別物になるのだ。私たちはそれぞれの中から「大体この辺かな！」って選び取ってるつもりだけど、それは育った環境や現状によって選ばされてるとも言える。二〇一七年、前回のフランス大統領選の頃、ウエルベックがこの大統領選はもはやイデオロギーによる投票ではないとエッセイで書いていた。私たちは階級によって選ぶ候補者が決まっている、自分はル・ペンやメランションに投票するには金持ち過ぎるからマクロンだ、的なことを。私たちはイデオロギーによる決断や選択はできず、すでにほぼ決められている道を歩みながら、自分は自分で決定している、道を選んでいると思い込んでいる。人が人生の中で本当の意味で自分で決定できるものは意外なほど少なく、しかもそこにある選択肢は時代や環境によってすでにふるいにかけられた選択肢なのだ。今となっては変態としか形容できないような男と付き合ってきた私たちでさえ一度も自由に恋愛などしたことはなく、してきた恋愛は環境、時代に許されたものの中から選びとっていたということなのだろう。

「じゃ、この時代に出会ってたら、今の旦那とは結婚してなかったと思う?」

「してなかっただろうね」

でも私がこうして精神性を認められない男性と付き合っていることが辛いと感じる人間になったのは、旦那と出会ったからかもしれないとも思う。旦那と出会う前の私は、相手がどんな思想の持ち主であるかさほど気にしていなかったのだ。つまり私は旦那によって恋愛下流階級から、恋愛中流階級にまで引き上げられたということなのかもしれない。しかし旦那のせいでメンタリティを共有できない人間が許せなくなり、時代の変化によりメンタリティを共有できなくなったため旦那が受け入れられなくなったと考えると、何だそれって感じもする。

「私はもうあんなクソ野郎と結婚してること、なんとも思わないけどね」

琴奈は乾いて歪みきった笑みを浮かべて言う。最近セックスしてる？　と聞くと、四ヶ月前くらいに一回したかな、旦那が酔っ払って襲ってきた、と鳳凰美田を飲み干しながら物騒なことを言って、とっくりの中が空だと分かると同じのでいい？　と聞いて私が頷くのを見てからカウンターの中の大将に「もう一合おかわり」と声を上げた。

「クソ野郎とよくセックスできるね」

「旦那は嫌いだけど、セックスは好きだからね」

セックスが好きだから嫌いな相手でもいいという割り切りに、何となく性欲処理のために風俗に行く男性に似た割り切れなさを感じる。でもＴＥＮＧＡでもウーマナイザーでも気持ちいいけど生きた肉体を求めるのは相手に精神が宿っているということに何らかの意味があるということでしょう？　そして精神が宿っているということに意味があるのだとしたら、その精神はある程度自分と共鳴するものであってほしいということではないの？　という疑問は飲み込む。

「昔は真剣にレスに悩んでたのにね」

「昔はまだ、好きって気持ちがあったからね」

昔は好きだった旦那を嫌いになって久しい琴奈の口調は清々しい。琴奈は旦那に対して完全に冷めてもう五年くらい、いい出会いがあれば普通に不倫もするし、いずれは離婚するつもりだけど子供もいるしとりあえず現状維持というスタンスで、コロナ禍に突入してからは旦那も自分も仕事がリモートになって飲みに行く機会も減り、悪いことがしにくくなったと嘆いていた。

「じゃ普段は一人でしてるの?」

「あんましないいな。枯れたのかな? 更年期障害になると性欲減退するっていうよね? えしてる?」

「週三くらいはするかな」

「三! セックスは?」

「週二かな。たまに一だったり三だったり」

「じゃ、ほぼ毎日性的なことしてるじゃん」

琴奈は声を抑えつつ激しめの口調で言ってゲラゲラ笑った。琴奈は性的なことをセックスに結びつけがちだ。知り合った頃あんまり一人ではしないと言っていたから、親切心からいくつかお勧めのセルフィー棒を教えてあげたけれど、使用感や感想どころか買ったかどうかも教えてくれなかった。

「私はある程度相手と精神的に共鳴してないとセックスできないいな」

「でもさ、そういう軽蔑してる人にやられるのが逆にクルみたいなのってあるじゃん?」

唐突に重い話をぶっ込んできた琴奈に、一瞬言葉に詰まる。

「言ってること分からなくはないんだけど、それってつまり、男性視点の、心が嫌がってても体はみたいな欲望を、女性側にまで刷り込まれて内面化させられてきたっていう長い経緯があっての性癖みたいなものなんじゃない？　もちろん、嫌なことがいい、いいことが嫌、的な倒錯が元来人間にあるってことは分かるけど、こんな気持ち悪い極右保守派へイトミソジニー男に犯されてる私！　なんて状況に逆に興奮、なんて本当にすると思う？　たとえオーガズムを迎えたとしても、それは快感というよりも生理現象でしかないんじゃないかな。もし旦那とセックスしてる時、琴奈にそういう興奮があるんだとしたら、それは旦那に対する好きな気持ちがどこかに残ってて、軽蔑しきってなくて、嫌いな人に犯されるプレイとして享受してるってところがあるんじゃない？　精神的担保がない状態で、そんなものは実際楽しめない。いや、もちろんそういう究極的な性癖の持ち主もいるのかもしれないけど、けっこう特殊な人なんじゃないかな。尊厳を奪われること自体の快楽は存在すると思うけど、本当に死にたくなるほど完膚なきまでに尊厳が奪われた時に、尊厳の奪われ度に比例して快楽を感じるなんてこと、あり得ると思う？　深い軽蔑は、いかなる快楽にも結びつかないと思うよ」

ほとんど独り言みたいになってしまった私の言葉に、琴奈は最後の方はほとんど聞いているのか分からない様子でカウンターの奥に並ぶ日本酒の瓶を真っすぐ見つめながら刺身を頰張る。でももし彼女が本当に究極的な性癖の持ち主で、軽蔑している人に犯されることでしか快楽を得られないマイノリティだった場合、そんなことあり得る？　と半笑いの私に腐されたことは耐え難い差別、排除に感じられるかもしれないと思い至り、貝をゴリゴリする琴奈をおずおずと覗き込む。私は、あまりにも自分本位でしか物事を見ていないのかもしれない。

「や、もちろんプレイとしてのクル、の話だよ。なんかさ、時代の変化で旦那が許せなくなったっていうのもそうだけど、あんた頭が重くなりすぎてるんじゃない？　体が潰れちゃってんじゃない？　いろんな立場、ほら背負ってるとこあるでしょ？　名前だして仕事してんだから。今ってコンプラとか、なんちゃらかんちゃらとか色々あるじゃん？　そういうアレで、なんか頭が硬くなりすぎてんじゃない？」

　ポリコレ、フェミニズム、と言いたいのだろうか。琴奈はあまりにも頭を軽視しすぎているんじゃないか。前々から彼女の行動原理は頭よりも身体的欲求、反射神経に寄り添っているのではないかと感じてきた。こういう無関心、無神経、無思考な人がこの世の害悪助長勢なのではないのだろうか。最近、あらゆる閉じられた業界のセクハラ、性的暴行の告発を見ていて通底していた憤りが漏れ出そうになるが、琴奈に話したところで余計にモヤモヤする結果になりそうだ。

　そうして批判的に考えながらも、私は自分が指摘された頭の重さについて考えざるを得ない。憂鬱の憂の字は中国では元々、頁の下に、心を書いた字だった。それが日本に入ってきた時、心の下に足がつくようになって、憂になったと聞いたことがある。つまり中国では、頭が重くて心が潰れる、という字だが、日本語になった時、頭が重くて心が潰れても足で踏ん張って歩いていく、という字になったのだろうと私は解釈をした。しかし私は頭が重すぎて体が潰れている、と琴奈は言う。では心はどうなのだろう。心も頭に潰されているのか、それとも心と頭は一体化していて、一緒に体を潰しているのか。私は心を蔑ろにしているつもりはない。頭もだ。だとしたら、確かに私は体を最も蔑ろにしていると言えるかもしれない。じゃあ体を使って頭と心でセックスをしているということなのだろうか。そうなのかもしれない。だって体は単純で深みがなく、頭と心に従属する存在でしかないから。ということは、私は身体の尊厳を、心と頭で結託して奪い、その上身体を使ってオーガズムを得ているのだろうか。そんなことが許されて良いのだろうか。それは私が忌み嫌う、搾取の構造ではないだろうか。しかしそもそも人間を分割して考える時、頭と心と体、の三つに分けていいものなのだろうか。私は自分が極めて偽善的な思考に囚われている可能性を考える。

そこまで考えたところで、頭が重いとはこういうことかと、肩をグルンと前から後ろに回す。カワハギの肝和えです。という言葉と共に出されたお皿に琴奈は目を輝かせ、うわあと言いながら箸を伸ばす。

「何も考えずに生きてると、大変だからね。なんでか分からないけど腹が立つとか、悲しいとか、苦しいとか、そういう時、どうしてなのか分からないまま過ごすのって辛いじゃん」

かと言って、分析しても、分析しきれない部分は残るわけだし、分析したところで納得いかないものだってあるし、頭だけで割り切れる世界に生きていないということだって重々分かってはいるのだけど。それでも小説を書きながら無理やり考え続けることで、私はこの水中みたいな苦しい世界で延命し続けることができたのだ。絶対無理ゲーこの設定じゃ一面半ばで死ぬ、みたいな難易度エクストリームなゲームで何十時間もボタンを連打して地面を掘り進めると無敵スターが出てくるバグを発見し、定期的に無敵スターを獲得しながら遅々として進まないゲーム内を無理やり生き延びているようなものだ。

「今度琴奈も小説書いてみたら？」

カワハギをゴリゴリと嚙み砕いている琴奈に言うと、ごっくんした後に「はあ？」と思いきり鼻で笑われた。琴奈の家には本棚がない。チェストの一角に二十冊ほどの本が並べられているだけだ。ほとんどが旦那さんが買ったのであろう自己啓発系の本だった。自分だって、心のどこかでこうして特定のジャンルをうっすらと馬鹿にしているのだ。私も、そして私にとって無敵スターである小説もまた、色々な人に方々で馬鹿にされているのだろう。そんな堪え難い世界を滅亡させるかのごとくカワハギをゴリゴリと嚙み砕く。ごっくんしたら消えてしまう世界であればいいのにと思いながら、硬いままのそれを飲み込む。

「あ、おーい」

ああ、と手を上げ、見ていたスマホをバッグにしまう。

「いつも私に歩きスマホって怒るくせに」

「一瞬時間見ただけだよ」

「嘘だー今ずっとスマホ見ながら歩いてきたの見てたもん私」

確かに私は駅からずっとファイルのアプリで今書いている小説を読み直していた。締め切りが近く、もう常に小説に触れていないと不安なのだ。そんな言い訳は言い訳にならないから「もうしません」と呟いて区役所に足を踏み入れると、マイナンバーカードの受け取り窓口に向かった。マイナンバーカードが必要だと言われて以来数年放置していた保健組合から催促がきて、とうとう親子ともども作ることとなったのだ。じゃ私これ聴いてるから、なんかあったら肩叩いて。芙美は首に掛けたイヤホンを耳に詰め込みながらそう言い、一人ベンチに座ってしまう。どこに行くにも持ち歩き私と一緒にいてもイヤホンで音楽を聴く習慣を、最初は反抗の象徴かと思っていたけれど、何度立て続けに肩をトントンしても「なにー?」と特に何とも思ってなさそうな態度をとるから、別に象徴ではないようだ。

五枚くらいの書類に住所名前電話番号みたいな同じことを書き込まされそろそろキレそうだと思い始めた瞬間、ようやく解放されて私も芙美の隣に座った。肩をトントンすると「うんー?」と芙美はやはりフラットだ。

「カードの四桁の暗証番号決めなきゃいけないんだけど、何にする? 誕生日とかは多分ダメ」

「てか、このカードってなんなの?」

「えっと、芙美も学校で出席番号みたいなのあるでしょ? あれみたいな数字が、国民一人一人に割り当てられてるわけ。そんで、まあ多分その数字で保険とか税金とか、居住情報とか管理されてるわけよ。でそのナンバーが書かれてるカードが今日受け取りにきたマイナンバーカードで、身分証明書になるし、これがあるとなんかコンビニで住民票っていうまあそれも証明書なんだけど、そういうのがプリントできたり、なんかこれからは保険証代わりになったりする、みたいな」

「ふうん、だる……」

今日日本に於いてだるいのニュアンスが、めんどくせえな、うぜえな……に近い、より嫌悪を含んだニュアンスに変化しているその絶妙な変化にそそられる。しかもその変化が、今の若者たちの「うぜえ」とか「くそ」などの直接的な悪態を忌避したがる性質から発生している感じもいい。芙美が「うわだる」とか「ダル絡み」といった言葉を口にするたび、私はテンションが上がる。私たち大人の中では、なかなか自然発生的に言葉の意味が変わっていったりはしないのだ。そうして自分たちの感覚に合わせて言葉を容易に変えていける、言葉を勝手に柔軟なものとして扱えるそのふてぶてしさ、傍若無人さに、私は興奮しているのかもしれない。

「ママはパスワード何にすんの？」

「彼氏の誕生日」

「だる！　じゃ私推しの誕生日にしよ」

「だめだめ、芙美の推しは一ヶ月ごとに変わるんだから」

「えー。じゃ私もママと一緒でいいよ」

「それはちょっとさすがにじゃない？」

「ママが覚えてられる四桁の番号なら何でもいいよ。どうせ私住民票とか？　取らないし」

「でももしパスワード忘れたらネット上でささっと変えられるようなもんじゃないんだよ？

再発行してもらうためにはここまで来ないといけないんだよ？」

「夏樹くんの誕生日忘れることないでしょもう」

色んなパスワードに使っているから忘れることはないと思うけれど、五年前に別れた彼氏の誕生日はもう覚えていない。もっと言えば、元彼たちの誕生日でゾロ目以外のものを私は一切覚えていない。私の脳内には「彼氏の誕生日」という黒板があって、新しい彼氏になるたびチョークの跡が消され上書きされていくというアナログな記憶形態なのかもしれない。

「じゃ私の誕生日にする？」

「えでも、ママの誕生日ウィキに書いてあんじゃん」

確かに、と言ったらもう考えるのが面倒になり、まあいいかとパスワードを書くための紙に両方とも夏樹の誕生日を書いた。ていうかパスワードを書き留めるための紙を渡すって、まじでどうなってんだ区役所ってと呆れる。手続きの途中からお腹すいた、まじお腹すいたと繰り返す芙美のために、私は食べログを開いて現在地周辺のカフェを調べる。何か食べたいものある？　と聞くと、何でもいいよカフェとか？　喫茶店？　でもいいし、ミスド？　ドーナツて気分じゃないな、スタバ？　あーね、まいいよ、と適当なことばかり言う。私はこの、適当なことしか言わないしそもそも言葉をとても適当に使う彼女に軽蔑と畏怖の念を抱いている。それは彼女が、自分自身の気持ち、心、といったものを適当に扱っているからかもしれない。自分の心を適当に扱える人間を、私は尊敬と同時に軽蔑もしていて、激しく憧れてもいるのだ。私はどうやっても自分を適当に扱うことができず、そんな自分に対してプライドや誇りと同時に開き直りや羞恥といった複雑な感情も抱いているということだ。自分を適当に扱って適当に生きていられる芙美が羨ましい。一度でいいからこんな精神性の一人称として生きてみたかった。

パスタにしていい？　結局歩いている途中で見つけてここがいいと芙美が声を上げたカフェに入ると、メニューを見ながら彼女は大きな声で聞く。

「あれ、今日お弁当食べたんだよね？」

「食べたよ。でも今日午後体育だったからもうお腹の中にはない」

「そっか。いいよパスタ食べて。食べれるならケーキも食べな」

店の前に出ていたショーケースには色とりどりのケーキが並べられていた。ケーキや紅茶を楽しみたいかなと思っていたのだけれど、芙美はサンドイッチもいいな、キッシュもあるのか……、パスタ全部美味しそうだな、と散々迷ったあと「やっぱミートボールスパゲッティ！」と一番重そうなパスタを選んだ。

「えこのパスタ多い？」

「普通の一人前だと思うけど」

「そう？　なんかこの写真だと少なそうじゃない？」

「まあでも、大人がランチに食べて満足するくらいの、一人前ではあると思うよ」

言いながら、私はどうしてこんなにつまらない人間なんだろうと嫌気が差す。これ少ないよね、絶対少ないよと彼女に同調してどのくらいの量ですかパスタは生麺ですか乾麺ですか何グラムですかソースは何グラム？　と店員さんに詰め寄るくらいのことができればいいのに。私には模範的で意外性のない回答しかできない。まともで凡庸でつまらなくて意外性の欠片もない人間だ。昔デビュー作の書評に書かれた「非凡なまでの凡庸さ」という言葉をことあるごとに思い出す。その時々によって、クスッと笑えたり、不愉快になったり、真っ暗なトンネルを新幹線の窓から眺めるような無の気分になったり、感じ方はいつも違う。今日は少しがっかりした。

「飲み物は？　ソフトドリンクここにあるよ」

メニューを指さすと、いらない水でいいと芙美は即答して、私は店員に手を挙げる。お酒ないんですかと聞くと、ないんですよーと申し訳なさそうに言われ、アルコールメニューがこのテーブルになかっただけという可能性を強固に信じていた私はがっかりしながらパスタとコーヒーを頼む。芙美は口をへの字にして呆れたような表情を見せ、スマホで大量のＬＩＮＥに返信すると画面を下にしてパタンとテーブルに置いた。

「トミカとリリが別れた」

富川真くんと大森里奈ちゃんが別れた、ということだ。二人の話は、二年くらい前、付き合う前から芙美から聞いていた。恋愛経験値不足により芙美は全く大森里奈の話についていけず、なんて言ったらいいかなと私に相談してきたため、ほとんど私が遠隔的にアドバイスしてきたとも言える。

「結局、里奈ちゃんが耐えられなくなったってこと？」

「うん、もう無理だって」

中高一貫の中学に通っていた里奈ちゃんは、公立校に通っていた富川くんに勉強を教えたり、受験間近の頃はデートも控えて受験を応援していたのだけれど、高校受験に成功し都立の共学に入学した富川くんは唐突に冷たくなったのだという。高校の友達付き合いで忙しくデートにも誘ってくれないし、高校のイツメンには女の子も交ざっているようで不安だ、里奈ちゃんの言葉を芙美越しに聞きながら、それは下積み時代を支えてくれた女性を売れたあと裏切る男のパターンと一緒だなと思いながら、高校入学と同時にそんな男の薄情さに直面してしまった里奈ちゃんに同情してきたが、とうとう富川くんのぞんざいな扱いに里奈ちゃんが耐えられなくなり振ったのだという。富川くんのあらゆる非道エピソードを聞き、それはひどい、と頷きながら、これくらいの年齢の子は環境によってこれだけがらりと態度や言動が変わるのだからすごい、と思う。人は四十にもなると、もうちょっとやそっとのことでは変わらないし、変われないし、エネルギーが激減するため自分を偽ることさえ怠るようになるのだ。そして、本人は変わらないのに対し、時代はたゆまず変わっていくものだから、本人が変わったように見えてくるという現象まで起こる。地動説と天動説みたいだ。ぼんやりとそんなことを考えながら、ミートボールスパゲッティが出されうわあと喜ぶ芙美にカトラリーケースを差し出す。でも旦那からは、私は富川くんと同じように突然態度を変え自分を裏切った訳の分からない人に見えているのかもしれない。でも私からは、世界と旦那が変わったようにしか見えないわけで、その私たちの認識の嚙み合わなさは世の人間関係の複雑さの象徴と言えるかもしれない。

うわうまー、とどんどんフォークを口に運ぶ芙美に気分が良くなる。一口食べる？　と途中私に一度皿を差し出し一口食べさせると、彼女は躊躇も迷いもなく一直線にゴールに向かう短距離走選手のように食べきった。急ぎや焦りは一切感じさせず、しっかりとした動きで最短と言い切れるような無駄のない動きで、綺麗にパスタをさらった芙美という存在をまるで芸術だと思う。

「綺麗に食べたね」

「え、大人の一人前でお腹いっぱいにならなかったってことは、私巨人てこと？」

「体が巨人になる準備をしてるのかも」

「もうちょっと食べていい？」

「ケーキ食べる？　パンケーキもあるみたいだよ」

「や、カルボナーラ食べようかな」

カルボナーラ？　と聞きながら芙美の目を見つめ、本気であることを確認する。

「今日、塾の後はご飯作って待ってるよ？　三時間後にご飯食べれる？」

「食べれる」

ならいいけどと言いながら手を挙げ、カルボナーラを注文する。

「いつもちゃんとご飯、食べてるんだよね？」

「うん。ホームメイドのご飯めっちゃ美味しいよ」

何を作っても食べられないほどの塩や油を入れる旦那に、もう芙美には手料理を食べさせないでくれと頼み、私がいない時はホームメイドという家庭料理配送サービスを使い始めて一年になる。

火水木と私は芙美と旦那が住む2LDKにいて、金土日月は夏樹と住む1DKにいる。以前は作り置きを大量に作って冷凍するか、一日置きに行き来して料理を作っていたが、私がいない間は三日分料理を配達してもらい始めてから、大分気苦労が減った。芙美は食べ盛りでもあるから三日分×四人前を頼んで、冷凍可のものを半分程冷凍し、芙美が自分で弁当を詰める日用に残している。料理を大量に作っていたあの頃は、あまりにも疲れていた。仕事でへとへとになって、寝不足のまま料理を大量に作って、家を行き来して、また料理を作って、仕事をして、を繰り返していると、自分が延々料理と執筆をするだけのかに道楽の手足をばたつかせるだけのかにとか、くる日もくる日も太鼓を叩くくいだおれ人形とかみたいな、他には何もできない芸のない人間に思え、その事実に強烈に落ち込んだ。だから今は状況が整ってきてそれ自体は喜ばしくはあるものの、いい加減離婚して生活を一本化したいという思いは募っていた。この二重生活も、もう四年になる。もういい加減疲れたし、そろそろ離婚してくれてもいいじゃないかと理不尽にすら思うけれど、彼はこの関係で全く問題ない満足していると嘯いて憚らない。もはや旦那は私のことが特に好きではなく、恐らく私の嫌悪を感じ取って向こうも嫌悪を抱いていて、一人か複数かは知らないが他にセックスや恋愛をする相手がいるのだ。四年前に言われた「子供のため」には心が動いたが、もうその子供も高二になった。彼は今の私たちのこの関係性に、一体どんな意味を感じているのだろう。それとも、彼にとって結婚とは、私にとってのそれとは全く違うもので、好きだからするとか好きじゃないから別れるとかいうものではないのだろうか。

「パパとはうまくやってる？　辛いことはない？」

「別に辛くないよ。まー私の言うこと全部忘れちゃうし呆れることはしょっちゅうだけど。ホームメイドのご飯もあるしね」

「そっか。もし何かあったらすぐに言ってね。いつでもすぐ行けるし」

「あ、そう言えば最近パパなんか吸ってるんだけど」

「煙草？　今回は禁煙長く続いてたのに」

「いや、煙草じゃなくてなんか別のもの吸ってるっぽいんだよ」

「ベイプじゃなくて？」

旦那は三年ほど前に煙草をやめ、ベイプのニコチンなしリキッドを吸うようになった。なぜ急に禁煙を始めたのか、いつから始めたのかなどは聞かなかったが、子供の前で吸って欲しくないと何度言ってもやはり全く聞いておらず、芙美が同じ部屋にいてもお構い無しに吸う人だったから、私はほっとしていた。

「多分違う。なんかパパの部屋が臭くて、私の部屋まで臭いが流れてくるんだよ」

「そう言えば、この間空き缶のゴミまとめてる時なんか臭った。私缶には吸い殻入れないから、なんでだろうって思ってたんだよ。ドラッグかな？」

「え、こわ！」

「ドラッグやってたら離婚してもいい？」

「いいよ！　私ドラッグとかめっちゃ怖いもん」

笑いながらも、少し意外だった。なんだかんだで、ちょっと前までは何があっても離婚しないでと芙美は懇願していて、その事実が私を婚姻に繋ぎ止めてきたという側面は確かにあったのだ。でもマリファナの匂いなら私でも分かるはずだし、旦那はそういうリスクのあることをするタイプにも思えない。もし旦那がマリファナを吸っていたら、私は弁護士などを雇えば簡単に離婚できるのだろうか。捕まったとしても実刑にはならないだろうし、やはり無理だろうか。でも家でマリファナ吸っといて離婚に応じないなんて、なんだか生き方として矛盾していないだろうか。なんていう偏見は、マリファナ愛好者の反発を買うだろうか。

芙美はやはり私に一口だけ食べさせると、カルボナーラを真正面からすくすくと綺麗に食べ、夕飯は軽くでいいと言い残して最寄駅からそのまま塾に行き、九時に帰宅して豚汁と塩むすび二個と三色ナムルを出した分綺麗に食べた。気持ちのいい子だ。でもそれだけ食べても太らないのはあと十年くらいだぞと思うけれど、ルッキズムという負の遺産を残したくないため口には出さないでおく。

おやすみーと言いながら芙美が自室に戻ると、パソコンに向かうものの全く集中できず、ストロングを立て続けに二本飲み終えるとワインを飲み始めた。火水木は、旦那は帰ってこなくてもいいことになっている。それでも家にいることが多いのだが、今日は飲みに行っているのか、十二時を過ぎても帰ってこない。私は勢いよくデスクチェアから立ち上がると、お風呂と洗面台を掃除し始めた。どちらもかなり汚くなっていたのを思い出したのだ。お湯を全体にかけ、マジックリンを噴きかけ、ブラシとスポンジを使って汚れを擦り落としていく。旦那がどんな女性と恋愛やセックスをしているのか分からないが、セックスのハードルが低い女性と寝ている場合、何か性病をもらってくる可能性もなくはない。十代の頃ラブホテルのジャグジーが原因と思われるカンジダ感染を経験したことのある私は、以前から旦那とのタオルやお風呂の共用に懸念を抱いていたのだ。ここ数年流行っている梅毒は、性行為なしに感染することは少ない、と調べて安心したものの、それでも芙美の健康が不安で、風呂の椅子にはカビキラーを噴きかけ念入りにスポンジを滑らせた。洗面台の歯磨き用のコップが歯磨き粉で汚れているのを見て、芙美には芙美用のコップを置いておこうと食器棚を漁ってプラスチックのコップを選ぶ。しかし、旦那は使わないでくれと言っても二秒で忘れる、いやそもそも意味を理解しないまま「分かった」と答え目についたコップを使い続けるだろう。鏡の裏に隠しておこうか、でもそこまで厳重にしたら芙美が不思議がるだろうし、もしかしたらパパが病気かもしれないからと話したら、頭のおかしい人だと思われるかもしれない。散々悩んだ挙句、「FUMI」とプリントしてある名前シールがあったはずだと思い出し、寝室のチェストを見に行った。旦那のデスクと私のデスクを部屋の端と端に置き、真ん中にベッドという配置だが、生活リズムが違いすぎてこのデスクではほとんど仕事をしないまま、チェストとデスクを設置した引っ越しからもう五年。私はリビングのダイニングテーブルの一角で仕事をするようになったから、芙美の部屋に勉強用のデスクとして設置してあげようと思い始めてもう二年だ。自分のデスクの引き出しを開けてビニールに入った名前シールを手に取ると、三枚の台紙に張り付いた大小様々な名前シールをじっと見つめる。小学校に上がったタイミング、もしかしたら幼稚園に入ったタイミングだったかもしれない。色々と名前をつける必要があるだろうと思って注文したシールだったけれど、多すぎたのか特にそこまでの名前づけは必要なかったのか、大量に残ってしまったのだ。うわあ、と目を輝かせて喜んでいた芙美の顔が思い浮かぶようだけれど、小学校か幼稚園かも忘れてしまっている私には、改ざんされた記憶しか浮かばないだろう。後ろを振り返って旦那のデスクを見つめる。デスクの上にはほとんど物がない。つかつかと歩み寄ると、私は勢いよくチェストの一番上の引き出しを引っ張り出す。がしゃんと音がして、中の物が一瞬の躊躇いと共に手前側に移動した。印鑑、印肉、通帳、薬、あとはどうでも良さそうなピンバッジや小物だった。見覚えのある薬に手を伸ばすと、デパスとマジックで書いてあって、これは私の薬だと気づく。昔精神状態が良くなかった頃、忙しくて心療内科に行くこともできず、仕方なく個人輸入サイトで気分が落ち着く薬を探して、デパスと似た効き目と謳われた薬を大量に購入したのだ。ここに越してくる前だから、もう六年くらい前のことだ。私の机だか棚だかを漁って勝手に持ってきたのかと、彼がメンタルの調子を崩した理由に思いも馳せず腹を立てる。二段目は書類で、三段目はベイプ類だった。何かあるとすればここだと思って漁るものの、ベイプの機械やリキッドと充電器、掃除用と思われるブラシのようなものがあるだけで、リキッド以外に吸えるようなものは見当たらない。

一体何をやっているんだろう。私は、マリファナや不倫など離婚に有利になる彼の罪を暴き出したいのだろうか。それとも彼の罪を見つけて相対的に自分の罪を軽くしたいのだろうか。いや、もはや私の中に罪の意識などない。あるのは倦怠と憂鬱、焼け焦げて元の形が分からなくなった怒りだけだ。ではこの衝動は、どこから生じているのだろう。

四段目は封筒やクリアファイルにクリップなどが詰め込まれ、五、六段目は空っぽだった。六段目の中に手を入れ奥を探り、そのまま手のひらを上に向けて五段目の引き出しの下側に何かが貼り付けられていないか確かめる。同じように五段目にも手を入れ、四段目にも手を入れる。三段目の奥に手を入れようとした瞬間ただいまと声を掛けられて、私は振り返る。昔はあらゆる気配に敏感だったのに、人の引き出しを漁っているところを見つかるくらいにまで、私は神経が太い人間になってしまったのだろうか。見つかったことよりも、自分が愚鈍な人間に成り下がったのだという事実に動揺する。

「おかえり。大きいサイズの封筒探してるんだけど、持ってない？」

あったと思うよと言いながら、コップとバッグを持った夫はデスクに近づいてきて、私は少し離れる。ここ数年、私たちは体のどこも触れていない。廊下では向こうに相手がいることに気づいた瞬間どちらかが廊下の手前に止まり道を譲る。大抵夫が道を譲る。私は私に怯えるような態度をとる彼に苛立っていて、傍若無人に振る舞うことでしか彼の怯えた態度を処すことができないのだ。それでも、そこまでの距離を取られてしまうと、こちらも触れることが恐ろしくなってこうして自ら距離を取るようになる。夫からは汗とアルコールが混じった臭いがする。大量にお酒を飲んだ大人の男の人はどうしてみんな臭いんだろう。子供の頃親戚のおじさんたちを見ながら抱いていた謎は、未だに謎だ。もちろんそれっぽい理由はいくつも思いつくものの、いつも酒臭い旦那が帰ってくるたびに思う。それは人が酩酊していることへの嫌悪を、そうして謎にすることでしか処せないからなのかもしれない。皆自分の中に湧き出すものを、処すことで精一杯なのだ。

「これでいい？」

「あー、これより大きいのはないよね？」

「それが一番大きいね」

じゃあこれでいいやありがとう。言いながら、デスクの上に置きっ放しにしてあった芙美の名前シールも手に取ると、「洗面所の歯磨き用のコップ、芙美専用のを置くことにしたから、芙美のは使わないでね」、となぜか気が大きくなっていた私は強めの口調で言う。

「ふうん」

「虫歯って虫歯菌から感染するって言うし」

聞かれていないけれど、記憶を定着させたくてそれっぽい理由を口にした。あなたの病気がコップを介して芙美にうつったら困るから。と言うわけにもいかない。リビングに戻ると、旦那がワインをコップに注いだ時こぼしたと思われる紫が十滴ほど床に落ちていて、私は濡らしたキッチンペーパーで床を拭う。そうするとキッチンペーパーには紫以外にも灰色の汚れや旦那の短い髪の毛がまとわりついてきて、許せなさがこみ上げてくる。マイペットを周辺に噴くと、私はゴシゴシとキッチンの床を擦り始めた。右腕に疲労を感じるくらいまで擦ると、今度は洗面所を見に行く。途中廊下の壁に止まっている蠅を見つけてヒッと声を上げて飛び退く。慌てて玄関に置いてあるコバエ用の殺虫剤を持ってきてひと噴きすると、暴れ始めたため洗面所に逃げた。洗面所では彼が歯磨きをしたのか手を洗ったのか細い水が出しっぱなしになっていて、私は苛つきながら蛇口を固く閉じる。さっきの蠅が入ってきたのも、旦那がお風呂場の小窓を開けてよく放置しているせいだ。この家で起こる私に対する不利益、不都合は全て旦那のせいだ。最近よく、少しずつ毒物を食事に混ぜて配偶者を殺害という保険金殺人のニュースを思い出す。自分はそんなことはしないが、私は最近、彼が突然病気で倒れ寝たきりや自分の力で生活できなくなることを想像して言いようのない恐怖に襲われる。そうしたら、私は彼を許せないまま彼の治療費を払い続け、介護し続けることになるのだろう。彼の両親も高齢で、彼には頼る者もなければ、入院保険などにも入っておらず、貯金もないのだ。こんなことを考え始めると一刻も早く離婚しなければと思うけれど、私はそう思うたび夏樹に同じことを思われている自分を想像する。そして、落ち着け、と思う。そして落ち着いて、静かに許せなさだけを募らせていく。

ただ許せない。それだけのことが、こんなに苦しいとは思わなかった。許せなさの只中、許せないの呪文が鳴り響く中、洗面所に立ちつくし天を仰ぎ続ける。

火水木の許せない世界から、私は金曜の夕方に抜け出す。月曜の芙美のお弁当を作って冷凍すると、夏樹と待ち合わせて夕飯の相談をしながら買い物をして、今度は二人でご飯を作り始める。ここに半同棲の形で住み始めて約四年、私たちは料理をする時はほぼ必ず二人で作ってきた。許せないもののない世界に戻ってくると、私はホッとする。何か不都合があると全て旦那のせいにして怒りを募らせる己のヤバさ、何でこんなことになってしまったのかという約二十年に及ぶ振り返りと悔恨、そういうものから解放されて、たった今それなりの経験や知識を備えた形で生まれ落ちた何のしがらみもないフレッシュな人間であるかのような気分になる。夏樹が、乖離も飛躍もない、歪みも僻《ひが》みも嫉《そね》みもない、もっと言えば誉れやプライドもない人間であったことも良かった。

思い返すと私はこれまでずっと、乖離的な面のある人、ない人、ある人、ない人、と必ず交互に付き合ってきていて、常にどちらかにうんざりして反対のタイプに惹かれてきたのがよく分かる。こうして自分の遍歴を考えたり、傾向を見ていくと、その愚かさにいつも新鮮な驚きがある。歳を経ていけばいつかこの愚かさが薄れるのではないかと思ったこともあったけれど、むしろ魂よりも愚かさの方が三歳から変わらないのかもしれない。それとも、愚かさそのものが私の魂なのだろうか。

家に帰って、二人で並んで手を洗っていると、鏡ごしに目が合い、会いたかった、と肩に頭を載せる。俺も、と夏樹は私の頭の上に頭を寄せ、私の向こうのタオルでしっかり水気を拭き取った手で私を抱き寄せた。

「どう？　原稿は進んでる？」

「まあじりじりって感じ」

「締め切り間に合いそう？」

「週明けに延ばしてもらった」

互いに最近あった面白い話、目撃談、理不尽な話なんかをして笑ったり戯れあったりしながら、野菜を剝き肉を切り、着々と今日のメイン豚バラとキャベツの味噌炒めを作っていく。ご飯、インスタントの味噌汁に、タコときゅうりとわかめの酢の物。土日以外は、こういう簡単なものか外食で済ませる。酢の物の味を調整していると、味噌ってどれくらいだっけという夏樹の言葉に、アプリで開いているレシピを確認して小さじ二だけど、ちょっと量多めにしたしこの味噌味薄めだから大一でいいんじゃないかなと答える。レシピを遵守する私たちは、料理で大きな失敗は絶対にしない。

夏樹との関係は、安心安全で、慎ましくて、何より時代に合っている。また時代だ。酢の物の仕上げに煎り胡麻を捻《ひね》りかけながら、そう思う。私は時代の亡者、あるいは時代の崇拝者、それとも時代の僕《しもべ》なのだろうか。もちろん時代は私には作れず選べないもので、今を生きる人々は多かれ少なかれ時代に従属する他ない。でもじゃあなぜ旦那は、全く時代が反映されないのだろう。彼は私よりも老いているからだろうか。そういえば最近、老害と呼ばれる種類の客観性のない人たちをよく見る。歳を取ると客観性を失いやすくなるのだろうか。自分が客観性を手放すことは一生ないだろうと思うけれど、客観性がない！　と宣う客観性を持たない死すべき人々を、私はこれまで何度か目にしたことがある。そもそも、客観性などという客観的判断のできない基準を採用するのが間違いなのかもしれない。そしてそういう人たちは、ある種の人たちが決して逃れることのできない、客観性の支配する世界から逃れることに成功しているとも言える。

私たちは着々とご飯を完成させテーブルの上に並べていく。向かい合っていただきますと手を合わせると、私たちは世間話の続きを、今度あれ行こうとか、あれ買おうとか、夏の旅行はさ、と未来の話をし、あれがああだった、それでこれはこうでさ、そうそうそうだったね、と過去の話をする。

「味噌炒めって偉大」

「味噌系の味付けちょっと久しぶりだったね」

酢の物もおいしい、と声を上げる夏樹に、良かったと微笑む。夏樹のスマホが何度か振動して、彼も私もちらりと目をやる。彼は野球好きで、四年前のシーズン中、私がどんなに熱心に話していても試合に動きがあるとＤＡＺＮを流すモニターを見たり、歓喜の声を上げたり舌打ちしたり苛立ったりすることにキレて、こんなんじゃ話にならないしこんなぞんざいに扱われるのは耐えられないから試合のある日は一緒にご飯を食べないか別れるかのどちらかにしてくれと言った時から、順位が決定するかもという決定的な試合や開幕戦以外は野球アプリで試合に動きがあると通知が届く設定にして、金土日はＤＡＺＮを見なくなった。こんな、恋人にされたら誰でも傷つくであろうひどい態度を、どうして彼は言われないと気づけないのだろうと解せなかったけれど、言われたことには特に反論することなく受け入れる彼の柔軟さによって、私たちはそういう価値観の違いを乗り越えてきた。旦那はこれまで付き合ってきた誰よりもアウトオブコントロールで、夏樹は完全にインザコントロールだ。あんなアウトオブコントロールな人と付き合っていられたのは私が若かったからか、時代的にああいう人が許容されていたからなのか、それともただ好きだったからなのか、今となってはよく分からないし、それら全てが理由だったようにも思う。時代に左右されるなんておかしいと思うけど、本当に、時代によって人はいとも簡単に、ほとんど百八十度くらいまで容易に意見を変えてしまうものなのだ。

先週、五人ほどの編集者と作家で集まった際、業界のハラスメント問題の話題が出た時のことが蘇る。女性がほとんどだったその集まりで、ほぼ皆が「自分も容認、あるいは適当に流したり無視をして助長していたかもしれない」と悔いていた。時代の変化によって、皆変化したのだ。彼女たちはぐんぐん空気の変化を吸収し、かつての己の愚かさを呪っている。

彼女たちに共鳴しながらも、自分はハラスメントをする邪悪な人間と同類だという意識もあった。私は大小多くのハラスメントを受けてきたという点では彼女たちと共闘できる要素を持っていたが、同時に人を傷つける害悪として機能してきた存在だという自覚もあった。そして邪悪な人間が賞賛され、正しいことを主張する人がバカにされる時代に生きていたとしたら、私は邪悪の側に立っただろうとも予想がついた。

それでも次から次へと出てくる悪質なハラスメントの体験談を聞いているととてつもない怒りが湧き上がってきて、自分自身の記憶も生々しい怒りもしっかりと蘇ってきた。特に普段フラッシュバックすることはなく、告発の体験談を読んでも、苦しくはなるが自分の体験に重なるということはない。それでも、私には性暴力を受けてほとんど目が開かなくなるまで泣き続けたことがあるという事実はあって、その事実は時代の変化と共に重さと悍《おぞ》ましさを増し続けている。私は被害者的な観点から邪悪な人間の完全消滅を願っているが、同時に自分もまた邪悪な人間として社会から排除されていき、私の中からも邪悪な自分が消えていく現象に、カタルシスを感じながら同時に感傷的にもなっているのかもしれない。

夏樹はさっきから、自分の好きな球団が今シーズンずっと調子が悪いことを嘆いている。そんなに苦しいなら一ヶ月くらい結果を見なければいいのに。野球好きな人の自分の好きな球団が勝たないことへの憤りほど無駄なものはない。とスポーツ嫌い競技嫌い勝敗嫌い自分が体を動かすのはもちろん体を動かす人を見るのも苦痛オリンピックは合法拷問拷問のための金が私の血税から出てるのも腹立たしいし全てのスポーツが今世界中から消えて全ての人からスポーツという概念が消えるボタンがあったら迷いなく秒で押すほどの文系は思う。スポーツという概念自体を拒絶している私に、彼の言葉に共感できる素養はなく、まずは球団が勝てない問題と、そのせいで自分が苛立ったり落ち込んだりする問題とを切り離し、俯瞰視点を持つべきなんじゃないか、と提案してみるものの彼はほとんど反応せず、このままだとあと何回の完封負けで去年の完封負けの数に並んでしまうとか、クライマックスシリーズに出るには今後何試合に一回勝たなければならないとか言うばかりで、毛虫の足を数える機械を作るために必要なネジを町工場に頼まなきゃいけないんだけどそのために明日の朝起きる時間を何時に設定したらいいかなめっちゃ悩むどうしよう！　みたいな、毛虫の足を数える機械とか、町工場にネジを頼むとかいう小説になりそうな興味深い話をすっ飛ばして明日の起床時間を切実な悩みとして相談されているような虚しさを感じる。なぜ自分がそこまで野球に心を奪われるのか、野球の持つ魔力とは、野球によって社会や個人に何がもたらされ何が失われるのか、といったテーマに彼は一切興味を示さず、ただ勝つためには、クライマックスシリーズに出るためには、にしか興味がないようで結局私たちは野球に関して共通言語を持っていないという事実が明らかになって四年だ。私の感情は完全に「無」ではあるが、彼が好きだからきちんと話も聞くし、自分にできる最大限のアドバイスはするものの、私たちが嚙み合うことはない。彼にとって野球とは社会や世界や己自身について考えるツールではなく、本当にただのスポーツであり、野球でしかないのだ。音楽や映画、旅行や美容やお酒といった趣味や人間関係をも、常に小説にするとしたらというフィルターを通して受容している私には、そのもの自体をそのものとして楽しむという直接的な感覚がもはや分からないのかもしれない。そしてそういう現実に対してワンクッション置いている自分自身に観察者であることの引け目を持っているからこそ、乖離なく野球を野球として楽しめる彼の素養を尊重しているという向きもある。

話が途切れたタイミングでスマホを手に取りTwitterを開くと、ハラスメントの告発記事がトップに表示され、それを引リツしているツイートや、内容を簡単にまとめたツイートなどが連なっていた。そういえば、今日のお昼には性暴力事件の裁判の記事がトレンドに入っていた。ため息をつく私にどうしたのと心配そうな顔を見せる夏樹に、言葉を選びながら「最近ハラスメント関連のツイートが大量にタイムラインに流れてくるが、自分はそういう人を敢えてフォローしたことはないから、時代の流れによってあらゆる人がハラスメントに関して言うべきことを持っていることに気づき始めたのだろう」という内容のことを重くならないよう気をつけながら話した。

「ふうん。俺のタイムラインには全然流れてこないけどね」

「本当に？　全然？　トレンドにも入らないの？」

俄かには信じられず、私は疑いの目を向ける。

「野球とサッカーの話題しか流れてこないよ」

「今、あらゆる閉鎖的な業界で告発が続いてるのは知ってる？」

「それは、Yahoo! かなんかで見たよ」

「会社とかで話題になることもないの？」

「ないね」

こんなに近くにいても、私はこのレベルの問題をすでに共有しているものと信じて疑わず、彼がこのテーマについて全くもって興味もなければ自ら考えることもなく、情報を得ようとすることもなかったのだと知り、予想以上の、いや予想もしていなかったためミスタードーナツに並びながらどれを買おうかショーケースを見つめて悩んでいる途中で鹿の群れに巻き込まれて何百もの蹄で踏みつけられたような衝撃を受けていた。衝撃で、目がチカチカする。

「夏樹はこれからもそうやって、楽しいことと趣味だけで構成された世界で、問題意識とか持たずに、社会や他人のことは何も知らないし興味もありませんみたいな感じで生きていくの？」

上から目線で責めている感じの内容であることは承知していたから、口調だけはものすごくり軽く設定する。

「え、別にそういうの、Twitterでフォローする気はないよ」

「いや、Twitter云々《うんぬん》じゃなくて、そういう面白くない面倒臭い話題はスルーしてできる限り一生関わらずに生きていこうって感じ？」

「別に悲しくなったり、嫌な気持ちになるためにTwitter見てるわけじゃないからね」

だからそういうことじゃないって言ってるだろ。私は彼のあまりにも我関せずな態度と、話の通じなさに唖然として箸が止まる。食欲がないどころか、吐きそうだった。どうして彼は、自分と社会の相関関係を全く認めていないかの如く、「え僕は面倒なことを引き受ける気はありませんよだって僕は関係ありませんからね」という態度を平気で取れるのだろう。そんなの無思考で生きるゾンビではないか。いやしかし、彼は無思考で生きてこれたから無思考なだけなのだろう。でもこういう#MeToo的なものに対しては、肯定的であれ否定的であれ、何かしら皆少しずつ考えてそれなりの見解や意見を持っているものなんじゃないの？　何となく社会のノリを感じ取って、大きく事故らずに生きていければいいかなって感じなんだろうか。じゃあこれからも何も考えずに空気だけ読んで生きていくの？　言語化と思考を怠ると、若い頃はよくてもいずれ頭が硬くなって客観性を喪失した老害になるんじゃない？　体の端々が冷え、体の芯が発火したように熱くなり、動悸が速くなっていくのが分かった。私はこれほどまでに考えない人、考える必要を感じていない人と、一緒に生きていくのが怖いのだ。彼は私と、野球とか趣味の話をしてご飯を食べて、ただ面白いいね楽しいいね美味しいいねと言い合う関係を持ちたくて、私と付き合っているのだろうか。そんなレベルの共感だったらいくらでもTwitterに溢れてるのに、わざわざ既婚者と付き合っておいて、そこにあるのはそんな薄い欲望なのだろうか。いや、それを薄いと感じる私こそが薄い人間なのだろうか。どうしていいのか分からず、ストロングを飲む手が速まる。食欲がない代わりにストロングの二本目を飲み干すと、三本目を開けごちそうさまと呟く。

そう区切りをつけてしまうと居心地が悪く、ベランダに出て煙草を吸った。一本目を灰皿に押し付けても部屋に戻る気にはなれず、立て続けに二本目を吸う。恐ろしかった。私は彼のことを誤解していたのかもしれない。窓の外から中を見ると、彼は一人で洗い物を始めていた。私がずっと彼と付き合いながら魅せられてきた、現代的な真っ当さ、柔軟さ、ある側面に対する頑なさは、ただ単に彼の育った環境、階級、学校や家庭、国や時代、そういったものが作り上げた資質で、そこには彼自身のイデオロギーなど一切介在していなかったということなのだろうか。でもそれを言ったら、幼い頃から自分に強要されるもの、学校や勉強や人間関係や従順さ正確さなどを軒並み拒絶して何も受け入れず、自分の望むものだけを手に入れて生きてきたと自分は思ってきたけれど、そんな私の資質も時代と環境の産物でしかないということなのだろうか。そこまで考えると私は、この乾いた世界に切り刻まれたかのように傷つき、激しい悔しさに涙ぐむ。この悔しさは、これは私的な感情であり個人のものだという意識を捨てられないがためのものなのだろうか。私の感情は一体どこから与えられたものなのだろう。時代や社会という答えよりは、全て宇宙人にプログラミングされたものだという方がまだ受け入れられる。何者かと言える何者かの意図によって作られたものだという方が、ある集合体の大きな意識の流れの中から生まれ出る潮流の端切れと言われるよりも、まだ気分が楽だ。この自分の感情に対するプライドは何なのだろう。どうして私は時代の産物として生きることができないのだろう。個性を大事にみたいなバカの一つ覚えのような押し付けによって植え付けられた自意識による妨害を受けているからなのだろうか。意識、コンシャス、という言葉の語源はラテン語のコンスキエンティアで、字義としてはコンが「共に」、スキエンティアが「知識」で、「共に知る」というのが元の意味だった。古代ギリシアでは「他者と共に知る」だったものが、その後キリスト教が広まり「神と共に知る」に変化し、現代ではもはやコンシャスとは閉じられた自己内の意識のニュアンスに留まっている。つまり、意識とはもともと誰か一人の中に宿っていたものではなく他者と生きていくために必要なものという認識だったものが、数百年の間に物心ついた個人の中にはすでにしてある程度形成されているものという認識に変化していったということだ。それは人々が「意識」というものを認識する十七世紀以前、「コンスキエンティア」が「良心」という意味で捉えられていたということからも分かる。つまり私たちは他者と生きるために良心を持たなければならず、それが意識の萌芽だった。十七世紀以前の人間の意識、いや意識と呼ばれる前の意識的なるものによって認識されていたのは、自他の区別が薄いまま全てが乱雑に存在しているような、もはや現代では味わえない、より動物などに近い感覚だったに違いない。逆に当時の人からしたら、「自分」というものが確固としたものとして存在しているなんて、奇妙に感じられるに違いない。自分とは何か、主体とは何か、どんな目的を持って、どこから来て、どこに向かっていく過程の中に私たちはいるのか。選び取らされた自分を持て余し続けて四十年が経つ腐った現代人は、さらにミクロな逡巡を繰り返さなければ息もできない。それでも現代を生きる私たちは、他者と共に生きるために生まれた「意識」というものと、何よりも近いところで共存しなければならないのだ。言葉と共に生まれてしまったものは、もう二度と、この人間界から消えないだろう。もちろん、時代や言葉の変化と共に、それらの意味するところが変化していくことはあるだろうが。

「どうして怒ってるの？」

洗い物から戻ってきた夏樹がベッドに腰掛けて聞く。ここまで一人で積み上げてきた言葉が霧散していくのを感じ、私は腹が立つ。どうせ考えを伝えたところで、「ちょっとよくわからないな」と理解を拒むのだろう。この人は私の本を読み私の生き方を知っていてそれでいて私と生きていきたいと望んだはずなのに、どうしてこんなにも私を怒らせることができるのだろう。まあそれを言ったら旦那だって別れる時揉めに揉めた元彼だって全く同じ条件だったわけだけれども。

「夏樹は今会社でたくさんの女性と関わっているし、私とも一緒に生活してるのに、どうして自分の世界を構成する身近な人々が置かれている窮状や現状に無関心でいられるの？　俺のタイムラインをそんなもので汚すつもりはないよみたいなこと言えるの？　俺はそんなこと体験したことない、俺は別に夜道が怖くない、俺は性被害に遭ったことがない、って切り捨てて無関心貫くって、想像力がないの？　夏樹にとって性被害って、私がレイプされて切り刻まれて死体遺棄されて初めて考えるようなことなの？　女性の置かれた状況や、これまで抑圧されてきた経緯について少しは考えて欲しい。それは私について考えることと同じで、考えないのは私への無関心と同じだよ」

いつもこうだ。私は夏樹に対して問題提起をしようとすると、こうした正論しか口にできなくなり、こんなレイヤーで話をしなければならないことに多大な苦痛を感じる。何だよ想像力って。お前だってクズの加害者のくせに被害者づらしやがって。乖離が加速していく。

「私はずっと、この一連の告発が始まってから、ずっと自分がどうしたらいいのか悩んでる。ずっと生きた心地がしない。ずっと息ができなくて苦しい。それなのに夏樹は重くて悲しいことだからって目を逸らし続けて自分は加害者でも被害者でもないから無関係、って立場を貫くの？」

私は己の加害性、#MeToo に乗り切れない自分自身の煮え切らなさを夏樹には隠して口調を強める。言い切った瞬間とてつもない悲しみが襲ってきて私は体を折って布団に突っ伏す。夏樹は恐らく反射的にごめんと言って、拒絶するような態度に見えたなら謝るけど、そういうつもりじゃなかった、と無意味なことを言う。

「俺だって無関係だと思ってるわけじゃないよ。Twitter でそういうものを見たくないって言っただけで」

何だその空を見たくないと言っただけで雲を見たくないと言ったわけじゃないみたいな言い訳は。と思いながら私の背中を撫でる夏樹の手をとる。でも、取り立ててリベラルな親に教育されたわけでも、大学でマスメディアを学んでいたわけでも、元カノがフェミニストだったわけでもない彼に、自発的にフェミニズムや社会問題に携わろうとする意志がないのは当然とも言える。自分さえ良ければいいし、明日なんてないから今が楽しければ全て良し。夏樹くらいの歳の頃は、私もそう思っていた。どうしてこんな風に、自分自身が端々から溶けて水たまりとなって蒸発して雲になって世界中に降り注いで何らかの身体や植物となっていったように、無闇矢鱈にあらゆるものに共鳴する人になってしまったのか分からない。それでいて、私の演出する私に共鳴しない男には激昂するのだから、全く分裂も甚だしい。

頭が痛いと呟いて、一個でいい？　二個飲む？　と夏樹が持ってきたバファリン二錠とコップを受け取り飲み込む。お風呂入る？　シャワーにする？　このまま寝ちゃう？　夏樹の質問に、横になって目を閉じたまま寝る、と呟く。

腕枕をされたまま背を向けると、夏樹は後ろから抱きしめてくる。少なくとも彼は誰かを傷つける人ではない。私が苦しんでいれば同じように苦しむ人だ。日常生活においてもルールを遵守し、合意のないセックスをすることもなければ、嫌がる人を前に勃起すらしないだろうし、外で困っている人を助けたり、席を譲る姿を私は何度も見てきた。私はそんな人を相手取って男性一般への怒りを女性一般としてぶつけ、意識の低さを責めたて、差別は悪意のない人がするんだこれは社会問題であり人々の意識の低さが無関心という害悪を引き起こすのだと色々なことを棚に上げて喚き散らしたのだ。それでも、私は目に見えなくとも苦しんでいる人の存在を感知してなお自分は無関係ですと言うような人でありたくないし、夏樹にもそんな人であって欲しくない。世界中の全ての苦しみと、悲しみと、自分との相関関係をうっすらとでも感じられる人でありたいしあって欲しい。それは病的な希求なのだろうか。そうなのかもしれない。現代のどこまでも果てしなく広がる共感能力は、病的なのかもしれない。でもこのまま、ゴキブリや微生物までにも共感する力が、人間に備わったらそれはそれですごいことだとも思うし、そうなったら人間という存在自体がそれまでとは全くの別物になるのかもしれないとも思う。除夜の鐘のように定期的にゴワンゴワンと襲ってくる後頭部からこめかみにかけての痛みが、少しずつ弱まってきているのが分かったけれど、未だこの混乱が収束する気配は感じられない。背面に夏樹の温かさを感じながら、私を抱きしめる手を取り強く指を絡める。一人で腹を立ててそれでも夏樹に抱きしめられなければ耐えられず、それでも泣きすぎてクラクラした頭はバファリンで麻痺させられ、いつも通り眠りはすぐにやってきた。

漂いくる濃厚でずんとくる香りに、鼻腔がくすぐられ深く吸い込む。マイクロファイバーの毛布に手を伸ばし引き寄せながら、少しずつ意識が覚醒していく。体が重く、頭が痛い。ソファから立ち上がると、匂いを確かめるように鼻から短く、長く空気を吸い込む。甘くて野性的な渋みのある匂いは、やはり確実にマリファナだ。ゆっくりと歩み寄り、静かに寝室のドアを開けると、ベッドが膨らんでいて旦那はもう寝ているようだった。それでも煙の匂いが残っているのだから、まだベッドに入ったばかりかもしれない。部屋に足を踏み入れると匂いはどっと濃厚になり、ベッドの中から寝息が聞こえてくるのに気づき、私はゆっくりとデスクに歩み寄る。音を立てないように気をつけながら、デスクの上にめぼしい物がないのを確認し、引き出しを上からまた開けていく。この間は空っぽだった五段目にダガーナイフを、そして六段目に小さなプラスチック容器に入ったマリファナを見つける。しかしその瞬間、私ははっと気づく。これは医療大麻であり、旦那は私が毎日少しずつ盛った毒により末期症状となり、痛みを和らげるため医療大麻に頼っているのだと。ダガーナイフを取り出して鞘から抜くと、私は旦那を殺さなければならないという使命感に襲われる。なぜなら、私の盛り続けた毒では旦那は一思いには死なず、このままだと私は毒を盛り続けたにも拘らず死亡保険にも入っていない意識のなくなった旦那に何十年も治療費を払い続け介護しなければならないからだ。ほとんど顔の見えない旦那の胸元にダガーナイフを振り下ろすのに、意外なほど感情的な抵抗はない。かけ布団を刺すふわりとした感触の後にざくんという手応えを感じて、引き抜くともう一度同じあたりに突き刺した。ぐっ、ぐっ、と何かを堪えるような短い声がして、体が丸まったものの、大きな悲鳴は上がらない。布団はじわじわと血で染まっていくが、カーテンの隙間から入る月明かりだけで照らされたこの部屋では、血に染まったグレーのかけ布団は真っ黒に見える。私は隣の部屋で寝ている芙美に見つかることだけは避けたいのだけれど、もし見つかったとしてもきちんと事情を説明すれば分かってもらえるだろうという確信、そしてこの殺人は隠蔽できるという確信がなぜかある。ざくん。ざくん。ざくん。ざくん。十回ほど刺してぐっ、という声も、痙攣もなくなった頃、布団を剥ぐとそこにいたのは夏樹で、私は息を吸い込みながらひっと悲鳴を上げ、呆然と立ち尽くす。そこではっと気づく。クローゼットの中にいる旦那が、背後から私を見つめている。急いで蘇りの魔法を使わなければならないと焦るものの、私は何らかの規約のせいで旦那の前でその魔法の力を使うことはできない。どうしよう夏樹を連れてあっちの家に帰らないと。あっちの家に戻らないと私は彼を生き返らせてあげられない。旦那の罠にかかってしまったのだと、マリファナの件から私は騙されていたのだと、全てを後悔するがもうどうしようもない。でもマリファナの話を私にしてきたのは芙美だったはずだ、そう思った瞬間、夏樹の体が真ん中から切り裂け、中から血塗《ちまみ》れの芙美が出てくる。芙美は笑っていて、ああこれは全部芙美の冗談だったのかと思った瞬間、夏樹の体は作り物ではなく夏樹はすでに殺されていたのを知る。私は芙美が恐ろしいのに、さっき突き立てたナイフのことを思い出し「痛くない大丈夫？」と間抜けな心配をする。ゆっくり振り返ると、クローゼットの扉は開いていて、棒立ちの旦那が私を見つめている。その隣には小さな男の子が立っていて、すぐにあれは私が流産したかつての不倫相手の子供だと気づく。そうかあの子が夏樹だったのか。どうしてよその家庭で育ってしまったんだろう。旦那が不倫相手の子供を許せず、よそにやってしまったんだろうか。この子を育てていけば夏樹になるのだから、大人の夏樹は死んでしまったけど大丈夫。いやでも、何かがおかしくないか？　と支離滅裂な発想と時系列を手繰ろうとした瞬間、目が覚めた。夏樹の腕の上で、私はダガーナイフを握っていた右手をパーにして見つめる。夏樹は私の動きに気づいたのか、腕に力を込める。夏樹の方に寝返りを打ち、右足を彼に載せ、そのままやっぱり右手を見つめる。

「おはよう。どうしたの？」

「分からない」

「どうかした?」

「なんか」

うん、と次の言葉を待つ夏樹は、私がまだ怒っているか分からないせいかどこか気を遣っているように見える。どうしたらいいのか分からない夢を見た。私の言葉に夏樹はどう反応していいのか分からないようで、怖かった? と聞かれて首を振るけれど、あの逃げ道がどんどん塞がれていくような混乱は、恐怖に近かったような気もする。

「頭が痛いのは治った?」

「うん。でも目が腫れた」

「大丈夫。全然わからないよ」

何もしたくないと呟き、枕に顔を埋《うず》める。きっとご飯食べたら何かしたくなるよと夏樹は分かったように言って私の頭を撫でる。外は快晴。スマホを見るとECサイトから大量のメールと、新聞社からのメールが一件。かつては深夜でも土日でもお構いなしだった編集者たちは、ここ数年ほどで土日にメールを入れてくることが激減した。日本社会は変化していくルールに身を委ね、末端である私たちにもその余波はやってくる。正しさは常に変化し、かつての正しさは今の間違い。今の正しさは未来の間違い。私たちはこうしてあらゆるものを取り込み、一部を身にして一部を排泄し、それでもそのときどきで安全と思える場所に身を置きながら生活を守るしかない。私がされてきたこと、私がしてきたこと、私が甘受してきたこと、私が権利を行使してきたこと、私が妥協してきたこと、そういうものが、数年後数十年後にこんなことに変化すると、誰に想像できただろう。私は今、劇的に変化していく世界で、どう生きたらいいのか分からないのだ。体内に残る大小様々な傷さえもが戸惑っている。

芙美から大量のLINEが入っていて、開くと「聞いてよー」「まじ最悪なんだけど」「パパが昨日のホームメイドのご飯出したんだけどさ」「しょっぱくて全然食べられなくて」「えこんなまずいの初めてじゃない何これって言ったら」「出す前にオリーブオイルと醬油入れたって言ってて」「出来上がってるオカズに勝手に味付けしないでって何十回も言ってるのに」「認知症なのかな」「パパも食べられないって言って結局おかず捨てることになって」「まじつら」「今度同じことされたら家出する」と入っていた。顔を顰《しか》めているとどうしたのと言う夏樹に、画面を向ける。スクロールをして全文読み切った夏樹は、おかずの手配までしてもこうなるなら、もうどうしようもないねと眉間に皺を寄せる。ホームメイドを使い始める前、芙美は旦那が油を大量に使って作ったものを何度か食べたせいで油への拒絶反応が出てしまい、揚げ物が苦手になってしまったのだ。昔、旦那がレンチンしたゆで卵を芙美に出して、爆発して手と顔に火傷を負ったこともあった。痕にはならなかったものの、それ以来芙美はそれまで大好きだったゆで卵を食べなくなった。これらは食べ物ハラスメント、虐待としては認定されないのだろうか。ある日突然、夏樹と暮らす家に芙美を連れてきたら、夫はどうするだろう。向こうの家を私が解約したら、彼は素直に出て行ってくれるだろうか。それとも私を訴え争うだろうか。まだ完全には成長が止まっていない芙美にとって、食事とは生活の要であり、何よりも重視されるべきものなのだ。そうして時代に要請された正しさを盾にすれば、誰にでも勝てるような気がする。こんな風に良心の欠如した人間がいるのだということに、良心の欠如が周囲の人を苦しめるシチュエーションに陥っていることに、誰も私の良心の欠如を止められないことに、滑稽なことに私は本気で絶望している。本来何も持たない私が結婚をして子供を持ち不倫もして戦ったり甘んじたり良心を手放したりしながら得てきた全てが、何だったのだろうと最近よく思う。このまま死ぬのかもしれないと思ったいくつかの場面を乗り越えて普通に生存し続けてきて思うのは、人生とは自分がかつて思っていたほど大したものではないということだ。

「何食べよっか？　パンと冷やご飯と、インスタントだと、パスタソースがイカスミとアラビアータ、無印のカレーが何種類か、あとペヤングがあったね」

「ああ、にんにく味噌ペヤングね」

言いながら、素人が作ったような簡素なパッケージを思い出す。先週か先々週一緒にスーパーを歩きながら、新商品だって！　と手に取り、えーいらないよと目新しいものを敬遠する夏樹にいるよと言い張ってカゴに入れたのだ。あれ食べたい？　食べたい、いいじゃん明日も休みなんだしと上半身を起こした夏樹の膝の上に頭を載せ、寝癖に手を伸ばしてふわっとさせる。まあ激辛系のペヤングよりは全然マシだけど、と全然乗り気でなさそうな夏樹のお腹に顔を埋めると、じゃあ昨日の残りとペヤングと食パンにしようかと、彼は私の髪に指を通しながら炭水化物多めの提案をする。それでも外が晴れていてニンニク味の何かを食べれば、私はきっとそれなりにテンションが上がって、何かをしようかという気になるのだろう。ずっと買いに行かなきゃと話していたライブＤＶＤを買いにタワレコか、四キロ程度のジョギングか、ヨガかネトフリか、近所のクラフトビールのお店に行くか、ちょっと手の込んだ料理をしようと奮起して大きなスーパーに買い出しに行くか、あるいは映画館か美術館、時代に許容されたこの二人向けの選択肢の中からどれかを選び、私たちは大人しく実行に移すだろう。

「私小説」論、あるいは、私の小説論

千葉雅也

今回の特集は、「私小説」だとのこと。そういう依頼が来たということは、僕のこれまで書いた三つの小説作品が「私小説」だと思われているのでしょう。しばしばそう受け止められていることに僕はいささか複雑な思いがあるのですが、まずこれについて述べることから始めてみましょう。

ところで、第三者の言葉を差し挟むなら、今回の企画を引き受けることにしたと、ある編集者に伝えたところ、「それは興味深いです。千葉さんの小説ほど私小説から程遠いものもないですから」と言っていました。

確かに僕の一連の小説を私小説であるという前提で評する人たちがいます。一方で、どちらかと言えば――僕としてはこちら側の方が自分の作品をわかってくれていると思うわけですが――これは私小説とは違う、あるいは私小説に対する何らかの意味での距離を問題にしていると読む人たちがいます。

僕の小説では、主人公の設定が作者と重なる部分があり、それを変形して人物造形をしています。自分の人生の一部分を素材にしているところがあるわけです。僕は「素材にしている」

という言い方を好みます。

では、自分の人生を「そのまま書いた」ような、素朴な意味での私小説というのはありうるのでしょうか？

そもそも、人生の一部分をそのまま書くことができるのでしょうか。というのも、文章として造形する際には、つねに取捨選択が働きます。話のつじつまを合わせるために、様々な操作が行われるでしょう。それに人の記憶というのは実にいい加減なものです。文章にするまでもなく、頭の中で思い出すだけでも、その再現度は非常に不確かなものでしょう。自分の思考や経験が「そのまま」書かれることはありえないわけです。このように言えば、多くの人はそれほど苦もなく納得してくれると思います。

では、自分のことを「素材にしている」というくらいで、それを「私小説」と呼ぶのでしょうか。もしかすると世の中では、実人生と結びついている部分が多少でもある小説を広く「私小説」と呼んでいるのかもしれません。

しかしそうだとすると、実人生と結びついている部分がある小説は、あまりにも多いのではないでしょうか。

どんなフィクション作品でも、自分の経験を素材にしている部分があります。たとえば、虚構性が強いと思われている村上春樹の場合でも、普段の様々な経験の断片を「抽斗《ひきだし》」に入れておいて――彼は「抽斗」という表現を使うのですが――そこから素材を取り出すとインタビューで答えています。ちなみに、彼はアイデアメモは取らないそうです。そんなものを取らなくても、自分の中に抽斗があって、おのずと必要なものが必要な時に出てくるのだと。これは記憶に対する興味深い身体感覚ですね。

このように、外見上虚構性が高いように見えても、その背景に個人的体験があることは非常に多い。しかしどうも世間ではそうした範囲までを含めて「私小説」と呼んでいるようには思えないわけです。

どんなフィクション上のキャラクターであっても、作者の分身と見なすことは原理的には可能です。しかしそうではなく、典型的に私小説「的」だと見なされるものがある。それは、曖昧な意味ですが、「作者っぽい」、「実人生っぽい」という、言ってしまえば非常に通俗的な「ぽさ」に依拠しているのだろうと思います。ほとんどそこだけだと言えるのかもしれません。

しかしそれはきわめて不確かなものです。一方では、あらゆる作品には私小説性があるという方向に傾けることも可能だし、他方で、ありとあらゆる私小説的なものはすべて構築を経ているのだと全面的なフィクション化に大きく傾けることも可能です。

ところで、僕の小説実践を考えてみると、通俗的な「ぽさ」をわざと使うことで、私小説「的なもの」をめぐる臆見それ自体を問題にしていると言えるでしょう。純然たる人為的構築物もなければ、純然たる「私小説」もないのです。この二極の揺れ幅のなかで、あらゆる小説は動いているのです。僕の小説実践には、そのこと自体について考えているという面があります。

だがそれにしても、作者と主人公の通俗的な一致の何が人を惹きつけるのでしょうか。小説をそれ自体として読めば、実話かどうかは問題になりません。何らかの事実を書いているとしても、書いてある事柄をそれだけで鑑賞することができるのですから。だけれども、それが事実「だとされる」ことが、おそらくその作者について、また社会について、何か真剣な考察を引き起こすのでしょう。

しかし、今回この文章で僕が考えたいのは、そのような、私小説のジャーナリスティックと言えるような取り扱いではありません。どちらかといえば、鑑賞のサイドよりも執筆のサイドにおいて、現実と何らかの関係を持つということが、哲学的、あるいは存在論的にどのような意味を持つのか、今回はそのことを掘り下げて考えてみたいのです。

さて、ここで、芸術性ということについて僕の考えを簡単に述べさせてください。

僕の考えでは、大きな枠組みとして、どんなジャンルであっても芸術と言えるものの芸術性は、「脱目的性」にあると思います。特定の何かの役に立つためではなく、ただそれ自体として、極論的には「ナンセンスなそれ自体」として存在していること。ただ存在しているその「存在のかたち」の面白さを鑑賞するのが芸術だというのが僕の考えです。

しかし、言語芸術と、それ以外の芸術には少なからぬ違いがあると思います。それ以外、とくに視覚的な芸術では、何を意味するわけでもなく、抽象的な要素が並べられているだけでも、比較的楽しめると思います。音楽だと難しいですね。音楽は言語に近くて、感情表現がある程度言語のようにコード化されていて、そこから外れる音列、いわゆる「現代音楽」のようなものは、たんに不気味なものに聞こえてしまう。そして、言語芸術ですが、言語芸術における抽象表現、つまり、何を意味するかを離れた「言葉自体の戯れ」は、前衛的な現代詩などに見られるものですが、それはマイナーな言語実践です。子供向けの言葉遊び的な作品や、ある種のギャグが広く受け入れられることはあっても、言語をそれ自体としてシリアスに操作し、意味がわからなくなる＝意味が超複雑化するようなケースは、普段とくに気にしないで言語を使っている常識的感覚を侵蝕するので、現代音楽のように不気味であり、多くの人は近づこうとしないと言えると思います。

言葉の意味は基本的に、実際に人間が行動することとどこかで結びついています。行動の目的性から切り離し、言葉をバラバラにして操作することに人は恐れを抱きます。それを楽しむことはなかなかできません。

極端に無意味な言語使用から目的性の方へ向かっていくと、中間的に、「あまり意味がないただの話」が現われてきます。あんなことがあった、こんなことがあったと、大した目的性もなく話し、それ自体で楽しいということが成立する。それは現代詩に見られるような極端なナンセンスとは違います。それなりに目的性があり、そこで語られることはそれなりに意味がわかる。でも全体として、その話が何のためにあるのかが宙づりになっているような話です。

このような、いわば「無償性」における話が、言語における許容可能な抽象性だと僕は考えます。それも、かなり極端にナンセンスに近いところまで、ただの運動が連続するようなところまでラディカル化することも可能です。たとえばベケットがそうですし、あるいは保坂和志の小説にもそういう面があると言えるでしょう。

前置きが長くなりましたが、「ストーリー」と人が呼ぶものは、行為の目的的な連鎖と、そこでの因果応報や喜怒哀楽がはっきりしているものだと思います。それは、言語がそもそも日常において目的的なものだからです。したがって、フィクションの組み立ても、日常生活をなぞるようにして目的性にもとづいて構成されるのが一番わかりやすい。

そしてそのような、目的性によってハラハラドキドキを効果的に構成したものが、一般にエンターテイメントだと言われます。それに対して、先ほど定義したように、芸術というのは脱目的性を持ちます。そのスペクトラムの幅はあるにせよ、ただのそれ自体としての出来事を繰り広げているような面が大きくなると、作品はより芸術的に、あるいはこの言葉が適切かはわかりませんが「純文学的」になっていくと言えるでしょう。


さて、以上の説明をいったん頭に入れておいて、ここでちょっと視点を切り替えます。初めて小説を書こうとするときの難しさについて考えてみたいと思うのです。

ある小説指南本を読んだところ、初心者はしばしばファンタジー小説のようなものを書きたがるとありました。実際にそれはわかる気がします。僕も小学校のときに、当時流行っていた『ドラゴンクエスト』や『ファイナルファンタジー』の影響を受けて、思い出したくもない失敗作を書いたことがあります。

フィクションの度合いが高いものをいきなり組み立てるのはなかなか難しいことです。多くの小説家のデビュー作は推測するに、何らかの度合いで自分自身の経験を参照しているものが多いのではないでしょうか。僕も小説を書き始めたばかりなので偉そうなことは言えませんが、これから小説にチャレンジしようと思っている人はこの事実をそれなりの重さで受け止める必要があると思います。

しかしなぜそうなのか。

ふたたび原理的な話になります。小説のストーリーを考えようとする際、まったく新規のものを作ることは困難です。多かれ少なかれ、思いつくのは似たり寄ったりの話になります。こんな例を考えてみましょう。主人公の妻がなんとなく様子がおかしい。実は、妻は不倫をしている。そして後に、その相手が主人公の高校の同級生だったと気づく。そんな話を思いついたとします。たぶんどこかにあるような話です。

これから小説を書き始めようとしている人は、このようなストーリー（プロット）を思いつき、「ああこれではダメだ……」と先に進めなくなるかもしれません。しかしそれを言い始めたら、他の可能性を考えても、結局は同じ結論になる。言葉は悪いですが、ストーリーというのはバカみたいなものしか思いつかないのです。そうすると書き始められないわけですね。

もうひとつの問題があります。たとえば、コンビニの前で誰かとばったり出会うシーンから書き始めたとしましょう。そのコンビニをファミリーマートにするか、セブンイレブンにするか、ローソンにするか。その前に止まっている自転車を何色にするか。そもそも人物はどういう服を着ているのか。このような具体的なディテールをどのように決めたらいいでしょうか。

何も考えないで決めてしまってもいいわけですが、しかし多くの人は何か理由を考えるでしょう。象徴的な意味を持たせようとしたりして、いろいろと悩むわけです。しかし結局、ファミリーマートに決定する、そこに黒いママチャリがあることに決定することは、究極的には無根拠な決定でしかありません。このように、具体的なディテールをひとつに限定するということも、改めて考えるとすごくバカげたことをしているような気がしてきます。

今、小説を書く難しさについて、二つの問題を挙げました。

（1）ひとつのストーリーを決定することは、バカみたいだということ。

（2）具体的なディテールを決定することも、バカみたいだということ。

この二つの意気阻喪が、小説のスタートダッシュを抑止することになります。そして自分の経験を込めて思いますが、ここで多くの人は「恥ずかしい」と思ってしまう。

バカみたいなストーリーをひとつ決め、具体的な場所なり、人物なりを決めて……そんなことをする権利が自分にはあるのだろうか？　十分な理由があるのだろうか？　必然性があるのだろうか？　そしてそれは自分が決定するので、自分が出てしまう。だから恥ずかしいわけです。ストーリーの任意性とディテールの任意性。これが小説を書き始めるときの二つの根本的な恥ずかしさです。

ではストーリーおよびディテールに関して、決定の必然性を担保するにはどうしたらいいのでしょうか。

最も直接的なやり方は、実際の出来事を参照することでしょう。それによって、空想を語る恥ずかしさがなくなる。自分の身体を通過しているということをエネルギーにして、ストーリーとディテールを選ぶことが後押しされるわけです。ゆえに最初は「私小説」的なアプローチが取り組みやすいということになるのでしょう。

このことを掘り下げて考える必要があります。

私小説的なものは安易に始めることができると捉える人がいるかもしれません。しかしそう単純な話ではないのです。そもそもストーリーとディテールの任意性を操作できるようになるには、おそらくどんな書き手でも、いったんは自分の身体を通過させる、すなわち私小説的なアプローチを通る必要があると思います。そのエネルギーが変形されることで、書ける事柄の幅を広げていけるのでしょう。

それは、自分の人生が、書くに値するほど特別なものだということではありません。ここで重要なのは、自分の人生のストーリーおよびディテールは、しょせん任意のものにすぎないということです。極端に言えば、自分の人生は、別の人生でもありえたし、その意味において自分は他人であったかもしれないわけです。根源的に、人生には「別様でもありうる」が潜在している。任意の要素を組み立てたフィクション空間を展開していくためには、それが偶然的であることに耐えなければならない。その第一歩として、そもそも偶然的に成立している自らの身体から出発するのです。

つまり、自己の身体から出発することは、必然的な物語を書くどころか、最もフィクション的な物語を書くことに一致するのです。

という逆説に、小説の試みを始めてすぐ気づくわけではないでしょう。まずは素朴に、昨日何があったのか、十年前何があったのかといった想起からこの思考は始まります。そして、自分の身体を通した経験が、自分の身体から非常に離れた言語活動につながることに、次第に気づいていく。これが小説のチャレンジの始まりなのではないかと僕は思います。

ここが私小説的アプローチの難しいところであり、また通俗的、ジャーナリスティックな理解に搦《から》め捕られてすぐ見えなくなってしまう面なのです。多くの書き手が自己の身体あるいは経験を参照している。それは、フィクションの組み立てを現実で補っているのではない。むしろ現実の経験こそが究極のフィクションなのです。

たとえば、典型的に、意図して作られたものと見えるようなファンタジーやミステリのようなものでも、作家の身体を通した私小説性をどこかに持っていないなら、それは真正の意味でフィクションではない、とさえ逆説的に言うことができる。個の身体が関わっていないフィクションは、結局、流通している社会的通念を組み合わせて作られただけのもの、いわば「社会を薄めたもの」にすぎません。その場合は、ありがちな通念が優位なのであり、それへの対抗としてのフィクション活動を十分に展開できていない——その意味で、フィクションとしてのチャレンジが弱いのです。むしろ、偶然的なものとしての身体を通すことでこそ、通念に対して根本的に距離を取るようなフィクション活動が起動するのです。

ただそれも極論であり、どのようなエンターテイメントであれ作者の身体を通っていないものなどありません。あらゆるエンターテイメントも、純文学的とされる作品もすべて、私小説性というラディカルなフィクション性をつねに帯びていることになります。

小説を書く際には、まず現実をよく観察しなければならないと思います。現実を見ることで、社会通念から離れることができる。現実は社会通念よりも複雑で、予想外のことがたくさん起きています。それに対して、わかりやすいお話というのは、社会通念で組み立てられているものです。こういうことをされたら、人はこう反応するだろうといったことの連鎖で組み立てられているものはわかりやすく、手早く人の情動を動かして、喜ばせることもできるでしょう。

ですが、すでに述べたように、芸術としての作品というのは目的性から脱し、それ自体であろうとするのです。そこには、現実に起きている知覚、記憶、関係性といったものの複雑さそのものに向き合おうとする、倫理性があるのです。

人間というのは、目的性と脱目的性の両輪でできているダブルシステムです。日常生活をちょっと考えればわかることですが、目的的に行動している部分と、そうではなく偶然的にそうなってしまっている部分とが入り混じっています。小説にはそれが反映されます。したがってそこには、つじつまがわかる部分とわからない部分が両方あるはずです。その現実の複雑さが表れているときに、芸術的な作品だと言えるのだと思います。

重要なのは、この世界および存在者の偶然性そのものと戯れることです。

さて、ここでいささか奇妙なことを指摘したいと思います。コンビニの前に止まっていた自転車が重たそうな電動自転車で、黒色だった。それが実際に現実だったとします。その現実を素材にすることで、リアルな偶然性を導入することができる。そのことと、いくつかの設定を書いたカードをシャッフルして並べ替えた結果、自転車の設定が決定されることは、ほとんど同じではないでしょうか。大塚英志は、ストーリーを作る際にタロットカードのようなものを利用する方法を紹介しています。そのことと、どこかに取材をしに行って小説を書くこと、自分自身を取材して書くことは、いずれにせよ「別様でもありうる」ものの仮固定なのであり、根底ではすべてつながっている方法です。この根底的な偶然性の感覚が立ち上がったならば、ひとつのストーリーやディテールを決めることが、何かを素材にするかたちでも、空想するかたちでも、いずれにせよ可能となるのです。

今回の考察を受けて考えていただきたいのは、社会通念と偶然性のバランスです。構築されたフィクションには社会通念に頼っている面が多々あります。かつ、偶然性の要素もそこでは躍動している。人間は、通念と偶然性の両方を必要としています。僕は今回、偶然性の方を強調しましたが、しかし、より正確に言えば、目的的に組み立てられている通念と、偶然性との間にこそ芸術の本体があるのだと思います。少なくとも言語芸術においては、他のジャンルよりもそうだと思われます。

手放しでフィクションを組み立てようとすると、人はまず社会通念に頼ろうとしてしまいます。偶然性に取り組むのは難しい課題です。その際に、自分の身体を通した現実の偶然性と、ランダムに組み立てられるフィクションの偶然性とが限りなく一致する可能性を考えてみてほしいのです。

問題は現実であるか、作られたものであるかではありません。真の問題は偶然性そのものです。そして偶然性と現実がどのように関わっているのか、その存在論的な考察があらゆる小説において賭けられているのです。

言語の冒険へ——更新される「私小説」

水上文

本書は文藝二〇二二年秋季号、金原ひとみ責任編集による「私小説」特集を単行本化したものである。

デビュー作で芥川賞を受賞し、この二十年ほど第一線で活躍し続けてきた作家・金原ひとみによる責任編集——本特集は、作家が「私小説」の更新を図るものであった。

特集のプロローグで作家が語る通り、かつての私小説には「スキャンダラスなイメージ」が付きまとうものだった。

それは赤裸々な「告白」であり、本来秘すべきものとされる私的な生活を語るもの、その大胆な曝け出しにこそ真実が宿るものだとされていたのだ。だから私小説とは、まずもって作者＝主人公という前提が読み方に有意味な作品を指すものであり、要するに読者が作家と作品を結びつけることを、多かれ少なかれ求めるものだった。

けれども本特集において金原ひとみは、実際にあったかどうかという意味ではない「厳密な意味での事実」をあらゆる作家に探求して、「言語の冒険」をしてもらいたかったのだという。

何かを「語る」時にはもちろん、どれほど事実に基づいていようとも、現実をそのままに映すことはできない。語彙の選択、語り口、全てに「現実」からの置き換えが常に存在するのだから、たとえ自分自身について語ろうとも言語を介する限り、それは虚構でしかあり得ない。ならば実際にあったかどうか、作家の「告白」かどうか、によって束縛されてきた「私小説」なるジャンルを再び「言語の冒険」へと開くこと――試みられたのはそれであった。

本書に収められた作品群は、金原ひとみなる作家の呼びかけに応え、各々の作家が「言語の冒険」を試みたものだったのだ。

*

冒頭を飾る「電気の川」は、クリープハイプなるバンドでミュージシャンとして活躍する、尾崎世界観による作品である。

描かれるのは、コロナ禍のライブにおいて音楽ライターによるライブレポートをミュージシャン本人が読み上げる試み、その試みに宿る言葉の創造と収奪である。ライブレポートを読み上げながら語り手は、現に体験したライブと書かれた原稿との差異を感じざるを得ず、また意味としての言葉よりも音としての響きに気を取られてやまない。執拗に語られるのは他者によって語られた「私」への違和感であって、それはこれまでの「私小説」ジャンルが不可視化していた語ることと語られる対象の間の距離を明るみに出すのだ。

　語り手は音楽ライターによって描き直された「私」に、省略された言葉に「搾取」を感じ取りながらも、すでに語られた言葉からあったはずの自らの言葉を取り戻すことが出来ない。ミュージシャンでもある作者を語り手に重ねることが可能であるという意味で、従来の「私小説」のようでありながら、ジャンルが持っている特性／暴力性を炙り出す本作は、いかにも「私小説」を問い直す特集にふさわしいものであった。

　もちろん問題は言葉ばかりではない。実際、カナダに住まう作家・西加奈子による「Crazy In Love」は、カナダで日帰り手術を受ける「私」を、その身体性を描き出すものである。

　作中では、「私」の職業が小説家であることが明かされ、手術についても小説家らしく「ネタになるかもしれない」と考える様子も描かれる。また様々なる背景を持った人物が登場し、その人物が偏見によって誤解される様が、さらには「私」もまたビヨンセという名前の人物だと誤認された様が物語られる。

　要するにここにあるのは、かつての「私小説」の特徴であった「私」の内面への拘泥ではない。軽快に語られるのは内面ではなくて、「私」そのもののもっと即物的な多様性なのだ。

　私小説など書けない、そんなものを書いたら「自分」の存在に窒息してしまうだろうと考えていた「私」は、カナダで手術を受けた体験を語るなかで、自分について書いていてもなお「自分」の存在に窒息などしないことに気が付く。「自分」は、生々しく濃厚な身体に守られてただ息をしているのだ。本作で描かれる「私」の即物性とは、過去の「私小説」において見落とされていた何かを、確かに知らしめるものであった。

内面よりは身体を――Chim↑Pom from Smappa!Group なるアーティスト集団として活動する傍、昨年には初のエッセイ集も刊行したエリイによる「神の足掻き」もまた、徹底して身体をめぐる即物的な語りを試みるものである。

ジブラルタルへ行き、帰国した空港で行ったPCR検査によってコロナ陽性となり、品川プリンスホテルに隔離された経験を、そして回復したのちに久々の酒にありついては高熱を出して病院に緊急搬送された経験を語る本作において、語られるのはただ肉体の不調である。「頭蓋骨の中で蛇を飼っているよう」だと語る「妙」の生活は、コロナ罹患という意味で「妙」にとってのっぴきならない体験ではあるにしても、その体験に過度な意味が負わされはしない。赤裸々な告白や曝け出される私生活というよりむしろ、本作の特性は自意識に閉塞することをよしとしない軽快さと即物性にこそあるのだった。

あるいは活動歴およそ四十年に及ぶベテラン作家・島田雅彦による「私小説、死小説」は、近頃身の回りで身罷ってゆく人が増えたと語る「私」が、先立った小説家・古井由吉について語りながら、死と私をめぐる思索を行うものである。

これまで死者から何かを学ぼうという気にはならなかった「私」は、今ではどのように死を迎えるかを漫然と考える機会が増えたという。そしてフロイトの欲動理論について触れながら、「快楽と現実の彼岸に立とうとすること」を人間の本能として捉えるならば、文学はそれにいかにも忠実であったのだと、現実では不可能な死者との交接も可能にするものとして「夢」があり、文学をはじめとする虚構とは「夢の時空間をシミュレーションしたもの」なのだと言うのだ。ここに至って「私」は、自意識よりはむしろその彼岸として、他者や死者、無意識とつながり得る意識の容れ物として再定義される。

要するにある意味で自意識の文学と目されてきたと言ってもよい「私小説」とは、実は「死小説」なのだ。本作は文学の本質に立ち返りして「私」なるものを捉え直し、「私小説」を再定義する試みであったのだった。

また先立つ長篇小説『ほんのこども』で「私小説」そのものの解体を試みた作家・町屋良平による「私の推敲」は、書くことそのものをめぐるメタフィクションである。

父母と「私」の関わりという個人的な事柄を描きながら、本作は「推敲」を軸に小説においてフィクション化された「私」を書くことそのものをめぐる、自己言及的な思索が展開される。もちろん、ただ「推敲」について語るのではない。そこにはいかにも小説的な装置として、『ほんのこども』と想定し得るかつての「長篇小説」が登場し、それを元にしたとされるイマジナリー恋人兼カウンセラーが登場する。あるいは挿入される「創作の指南書」にはタカハシクンなる非実在の編集者が登場し、小説を書くこととそれについて口を出す他者の虚構性、推敲に象徴される書くことそのものの「私」と他者の二重性は複層化されていく。作者と語り手の「私」を重ねるための仕掛けがいくつもなされながら、それでいて同時に小説的な装置によって再びフィクション化される「私」の姿は、私小説をめぐる私小説的なメタフィクションのようである。それはラストにあって、推敲も何もなくただ喋り続ける父の姿を印象付けることによって家族をめぐる個人的な物語という真っ当な私小説性に着地し、逆説的にいよいよ「私小説」の虚構性を知らしめるのであった。

一方、My Hair is Badなるバンドで活躍するミュージシャン・しいきともみの初小説である「鉛筆」は、本書の中で最も従来の「私小説」らしい佇まいをしているかもしれない。東京ドームに立つ野球選手としての「僕」という幻想から始まるこの小説は、幼い頃から今に至るまで、「僕」の様々なる個人的な体験を一人称で語るものである。他者から評価されることへの恐れと苦痛、先の見えない不安を感じていた過去を振り返りながら、「僕」は「鉛筆」に象徴される想像力によって、自らの「物語」を保ってきたことを語る。終盤に至って改めて捉え直されるのは、これまでの全てが「僕」を形づくってきたことであり、筆」が単に現実からの逃避というだけではなく、「物語」を形づくる「僕」自身であることだった。

自分自身が人生という物語を作り出す「鉛筆」であること——私小説が本来的に「私」の人生を語る「小説」なのだとすれば、本作は収録作中最も「私小説」に忠実な作品なのだった。

そして金原ひとみによる「ウィーウァームス」は、今では夫の様々なる部分が許しがたく感じられるようになり、また現在の恋人に対しても、時に性被害の告発をはじめとする社会問題に対する無関心さに耐え難い苛立ちを感じるようになったという「私」の日常を描くものである。近年の価値観の変化を受けて自らの感情が生起したものであると考えながら同時に、「私」は自分自身を形づくり、この上なくリアルなものとして感じている怒りや苛立ちが「時代と環境の産物でしかない」可能性に激しい悔しさを感じて涙ぐむ。

世界が劇的に変化していく最中にあって「どう生きたらいいのか分からない」という「私」は、不安に脅かされていた。「病的」とも称される共感の現代的拡がりにも言及する本作は、ただ「私」の内面に拘泥すること、社会的現実に言及するよりは個人的物語に留まることを特徴としていたかつての「私小説」からの隔たりを示していた。時代に左右され共感はとめどなく拡がる。もうただ「私」であるばかりではいられない、その不安こそが今の「私小説」の成立要件なのだった。

収録作のラストを飾るのは、哲学者にして小説家・千葉雅也による「「私小説」論、あるいは、私の小説論」である。

私小説、ひいては創作／芸術に対する哲学的議論を含む本作では、まず芸術とは「脱目的性」であると言われる。特定の何かの役に立つためではなく存在している、そのような脱目的性こそが芸術を芸術たらしめる一方で、言語は日常的に目的的なものであると。このスペクトラムの幅の中で小説は存在し、前者に寄れば「純文学」と呼ばれるものに、後者に寄れば「エンターテイメント」と呼ばれるものになっていくだろう。

脱目的性と目的性は、偶然性と社会通念としても言い換えられる。目的的に組み立てられた社会通念と、汲み尽くせない現実の根本的複雑さ——それは小説に限った話ではなく、そもそも人間というもの自体が「目的性と脱目的性の両輪でできているダブルシステム」なのだった。だから小説において任意に組み立てられるストーリーとディテールとは、「そもそも偶然的に成立している自らの身体」から出発すること、自らの人生が偶然的であることに耐えることから始まるのだ。

　ここにあって私小説は、単に作者＝主人公という前提を持つものというよりも、偶然性というラディカルなフィクション性として再定義される。真の問題は偶然性そのものだった。本作は金原ひとみがこの特集を通じて見定めようとした「言語の冒険」を、「私小説」なるジャンルを再び改めてそれへと開くことを、理論的に語り直すものであったのだ。

*

　さて、特集のプロローグで金原ひとみは『パムクの文学講義』の一節を引いていた。『パムクの文学講義』によれば小説作品は全て星座のようなものであって、自らの感覚に基づいた経験と想像とは分かち難く結びついているのだという。それを受けて作家は、こんな風に言っていた。

　作品が星座となり、その中にいくつもの著者自身の感覚的体験と想像とが混ざり合い蠢いている様子を思うと、全身がざわついた。全てをさらけ出すのではなく、暗闇の中にポイントを置く。浮かびあがったものを見て、読者は「これは熊だ」とか「天秤だ」と一人心の中で納得する。その関係の奥ゆかしさ、一方通行さ、不確かさに、私はずっと心を奪われている。そんな関係を、私はこの世の誰とも築けないだろう。

（「文藝」二〇二二年秋季号）

この世の誰とも築けない、小説とその読者だからこそ築ける特異な関係性を、本書はまさに様々な仕方で与えるものであるだろう。

初出一覧

尾崎世界観　「電気の川」　「文藝」二〇二二年秋季号
西加奈子　「Crazy In Love」　「文藝」二〇二二年秋季号
エリイ　「神の足掻き」　書き下ろし
島田雅彦　「私小説、死小説」　「文藝」二〇二二年秋季号
町屋良平　「私の推敲」　「文藝」二〇二二年秋季号
しいきともみ　「鉛筆」　「文藝」二〇二二年秋季号
金原ひとみ　「ウィーウァームス」　「文藝」二〇二二年秋季号
千葉雅也　「「私小説」論、あるいは、私の小説論」　「文藝」二〇二二年秋季号
水上文　「言語の冒険へ——更新される「私小説」」　書き下ろし

著者略歴

金原ひとみ（かねはら・ひとみ）
一九八三年生まれ。二〇〇三年『蛇にピアス』ですばる文学賞を受賞しデビュー。翌年同作で芥川賞を受賞。他の著書に『AMEBIC』『マザーズ』『アタラクシア』『アンソーシャルディスタンス』『デクリネゾン』等。

尾崎世界観（おざき・せかいかん）
一九八四年生まれ。ロックバンド「クリープハイプ」のヴォーカル・ギター。『母影』で芥川賞候補作に選出。他の著書に『祐介』『苦汁100％』『苦汁200％』『泣きたくなるほど嬉しい日々に』等。

西加奈子（にし・かなこ）
一九七七年生まれ。二〇〇四年『あおい』でデビュー。一五年『サラバ！』で直木賞を受賞。他の著書に『通天閣』『ふくわらい』『さくら』『漁港の肉子ちゃん』『i』『おまじない』『夜が明ける』等。

エリイ
芸術家。Chim↑Pom from Smappa!Group メンバー。個展に「Chim↑Pom」（MoMA PS1）「SUPER RAT」（Saatchi Gallery）「ハッピースプリング」（森美術館）等。著書に『はい、こんにちは』がある。

島田雅彦（しまだ・まさひこ）
一九六一年生まれ。八三年『優しいサヨクのための嬉遊曲』でデビュー。他の著書に『彼岸先生』『退廃姉妹』『虚人の星』『絶望キャラメル』『君が異端だった頃』『パンとサーカス』等。

町屋良平（まちや・りょうへい）
一九八三年生まれ。二〇一六年『青が破れる』で文藝賞を受賞しデビュー。一九年『1R1分34秒』で芥川賞を受賞。他の著書に『しき』『ぼくはきっとやさしい』『ふたりでちょうど200％』『ほんのこども』等。

しいきともみ
一九九二年生まれ。ロックバンドMy Hair is Badのヴォーカル・ギター。アルバムに「woman's」「mothers」「boys」「angels」等。椎木知仁名義のアルバムに「若者たち」等。

千葉雅也（ちば・まさや）
一九七八年生まれ。哲学研究者、作家。著書に『動きすぎてはいけない』『勉強の哲学』『意味がない無意味』『現代思想入門』『デッドライン』『オーバーヒート』等。

水上文（みずかみ・あや）
一九九二年生まれ。文筆家。文芸批評・書評のほか、映画やドラマ、アニメのレビュー、オタク文化やジェンダー／セクシュアリティに関連したエッセイ等を執筆。

私小説《ししょうせつ》

二〇二三年二月一八日　初版印刷
二〇二三年二月二八日　初版発行

編著者　金原ひとみ
著者　尾崎世界観、西加奈子、エリイ、島田雅彦、町屋良平、しいきともみ、千葉雅也、水上文
装幀　佐藤亜沙美（サトウサンカイ）
写真　川谷光平（表1＝“kk_0180”／表4＝［simmer down］より“or sd_1”）
発行者　小野寺優
発行所　株式会社河出書房新社
〒一五一－〇〇五一
東京都渋谷区千駄ヶ谷二－三二－二
電話　〇三－三四〇四－一二〇一（営業）
〇三－三四〇四－八六一一（編集）
https://www.kawade.co.jp/
組版　KAWADE DTP WORKS
印刷　株式会社亨有堂印刷所
製本　小泉製本株式会社

Printed in Japan　ISBN978-4-309-03095-1

緊急事態下の物語

金原ひとみ／真藤順丈／東山彰良／
尾崎世界観／瀬戸夏子　著

濃厚接触、反ユートピア、ゾンビと猫、ライブカメラ、臆病なテロリスト……。２０２０→２０ＸＸ、コロナ禍を生きるための、最前線の作家たちが贈る、もうひとつのパンデミック。